历史丰碑

——人民英雄纪念碑开工建设

武利林　编写

吉林出版集团股份有限公司

图书在版编目（CIP）数据

历史丰碑：人民英雄纪念碑开工建设/武利林编. —

长春：吉林出版集团股份有限公司，2009.12

（共和国故事）

ISBN 978-7-5463-1734-2

Ⅰ．①历…　Ⅱ．①武…　Ⅲ．①纪实文学－中国－当代　Ⅳ．①I25

中国版本图书馆 CIP 数据核字（2009）第 237331 号

历史丰碑——人民英雄纪念碑开工建设

LISHI FENGBEI　　RENMIN YINGXIONG JINIANBEI KAIGONG JIANSHE

编写　武利林

责任编辑　祖航　李娇　关锡汉

出版发行　吉林出版集团股份有限公司

印刷　三河市嵩川印刷有限公司

版次　2010 年 1 月第 1 版　　　2022 年 1 月第 12 次印刷

开本　710mm×1000mm　1/16　　印张　8　字数　69 千

书号　ISBN 978-7-5463-1734-2　　定价　29.80 元

社址　吉林省长春市福祉大路 5788 号

电话　0431－81629968

电子邮箱　tuzi8818@126.com

前　言

自 1949 年 10 月 1 日中华人民共和国成立至今,新中国已走过了 60 年的风雨历程。历史是一面镜子,我们可以从多视角、多侧面对其进行解读。然而有一点是可以肯定的,那就是,半个多世纪以来,在中国共产党的领导下,中国的政治、经济、军事、外交、文化、教育、科技、社会、民生等领域,都发生了深刻的变化,中国人民站起来了,中华民族已屹立于世界民族之林。

60 年是短暂的,但这 60 年带给中国的却是极不平凡的。60 年的神州大地经历了沧桑巨变。从开国大典到 60 年国庆盛典,从经济战线上的三大战役到经济总量居世界第三位,从对农业、手工业、资本主义工商业的三大改造到社会主义市场经济体制的基本确立,从宜将剩勇追穷寇到建立了强大的国防军,从废除一切不平等条约到独立自主的和平外交政策,从"双百"方针到体制改革后的文化事业欣欣向荣,从扫除文盲到实施科教兴国战略建设新型国家,从翻身解放到实现小康社会,凡此种种,中国人民在每个领域无不留下发展的足迹,写就不朽的诗篇。

60 年的时间在历史的长河中可谓沧海一粟。其间究竟发生了些什么,怎样发生的,过程怎样,结果如何,却非人人都清楚知道的。对此,亲身经历者或可鲜活如昨,但对后来者来说却可能只是一个概念，对某段历史的记忆影像或不存在，或是模糊的。基于此，为了让年轻人，特别是青少年永远铭记共和国这段不朽的历史，我们推出了这套《共和国故事》。

《共和国故事》虽为故事，但却与戏说无关，我们不过是想借助通俗、富于感染力的文字记录这段历史。在丛书的谋篇布局上，我们尽量选取各个时代具有代表性或深具普遍意义的若干事件加以叙述，使其能反映共和国发展的全景和脉络。为了使题目的设置不至于因大而空，我们着眼于每一重大历史事件的缘起、过程、结局、时间、地点、人物等，抓住点滴和些许小事，力求通透。

历史是复杂的，事态的发展因素也是多方面的。由于叙述者的视角、文化构成不同，对事件的认知或有不足，但这不会影响我们对整个历史事件的判断和思考，至于它能否清晰地表达出我们编辑这套书的本意，那只能交给读者去评判了。

这套丛书可谓是一部书写红色记忆的读物，它对于了解共和国的历史、中国共产党的英明领导和中国人民的伟大实践都是不可或缺的。同时，这套丛书又是一套普及性读物，既针对重点阅读人群，也适宜在全民中推广。相信它必将在我国开展的全民阅读活动中发挥大的作用，成为装备中小学图书馆、农家书屋、社区书屋、机关及企事业单位职工图书室、连队图书室等的重点选择对象。

编　者

2010 年 1 月

目 录

一、 决定建纪念碑

● 在确定纪念碑位置时，周恩来提议："将纪念碑建在天安门广场上。"

● 周恩来在致辞中说："为号召人民纪念死者，鼓舞生者，特决定在中华人民共和国首都北京建立一个为国牺牲的人民英雄纪念碑。"

● 纪念碑奠基礼仪式，由中央人民政府委员会秘书长林伯渠主持。

政协会议决定兴建纪念碑

1949 年 8 月 3 日《人民日报》刊载新华社的报道说：

"为国牺牲人民英雄纪念碑"的建筑工程，在伟大的中国人民解放军建军 25 周年纪念日正式兴工。

1949 年 9 月，中国人民政治协商会议第一届全体会议在北平召开。这次会议除了通过《中华人民共和国宪法》等重要法律外，还讨论通过了兴建人民英雄纪念碑的决定。

会议在讨论决定纪念碑的兴建地点时，大家各执其词，据理力争。当时，有人主张建在东单广场，有人主张建在西郊的八宝山上，但是，更多的人主张建在天安门广场。

人民英雄纪念碑不是一般意义上的城市雕塑，也不是一个孤立的建筑单体。人民英雄纪念碑的建立，在时间与空间上都有着重大的政治象征意义。由此对人民英雄纪念碑的研究，就必须将其与具有重大历史文化意义的天安门广场联系起来考虑。

兴建纪念碑涉及的问题很多，首先一个就是确定在城市中心什么位置。

有关城市的中心有两个概念，即从地理空间角度确立的城市几何中心和从政治、经济等因素确立的城市中心。作为明清两代的都城，紫禁城不仅位居老北京的几何中心，也是古代北京的政治中心。

但是，城市中心会因政治、经济、交通乃至规划等多种因素影响发生变化和移动，比如辽、金时期北京的中心在今天的广安门外，元代则在今天的钟鼓楼一带，明、清时期移动到东四、西四和前门，形成三个中心鼎足而立。民国后因长安街打通才逐渐扩大并发展成为今天以长安街和天安门广场为核心的北京城市中心。

中华人民共和国成立前，天安门广场有过多次革命运动的遗迹，有为震慑来朝臣民而设置的千步廊，中轴线上还有贯穿南北的前后共 15 公里和横贯长安街及其延长线约 50 公里的十字交叉轴线，说明这里就是北京地区的中心部位。

位于天安门广场北边的天安门，原为 1420 年建成的。明代皇城的正南门，即承天门，是一座黄瓦飞檐、三重楼、五牌坊式的木结构建筑，1457 年毁于火灾。1465 年重修，已大体具备了今日天安门的规模。明末承天门又遭战火焚毁。

1645 年，清顺治皇帝下诏重修承天门，1651 年竣工，定名为天安门。

现在的天安门广场，是全中国人心中的北京的城市地标。为什么到北京的人，都要去天安门广场区走一走、看一看？为的是在那里体会一种个体与民族血脉相连的感情。作为中国人民举行重大政治活动和纪念活动的场所，天安门广场上发生的重要事件都是中国部分历史的鲜明见证，天安门广场已经成为一种国家和民族的象征。

这片开阔地带已不是单一的物质广场，它是一种精神圣坛，是中国人进行自我确认与感受日渐强大祖国的感情举行仪式的场所。

因此，北京城的城市中心就是天安门广场，其地理位置无与伦比地优越。

还有就是，北京城的中轴线与人民英雄纪念碑的关系极大，这是必须要搞清楚并确定的。

历史上，从永定门到天安门长约7公里的中轴线，曾经是进入皇宫的必经之路，而进入大清门也就是中华门，则是一个前奏，即引导来朝使臣逐步进入紫禁城中太和殿前的广场，所以由千步廊所围合的狭长空间并不是来朝使臣停留的地方，功能是举行夹道迎送仪式的"御道"，是一个行进的空间。

长安街交通线即今日的长安街东西轴线，在清代是不通行的，由于东边的长安左门和西边的长安右门与边绕的宫墙一起，隔绝了外部才形成一个以行进功能为主的具有空间过渡性的"T"形广场。

人民英雄纪念碑的选址，对天安门广场格局的形成具有决定性的作用，将清代的政治中心广场，即太和殿前广场，转换为天安门城楼外的天安门广场。

新中国成立初期，每年"五一"和"十一"在这里举行庆典。改建前的天安门广场，在天安门城楼东、西各有一个三座门围成的横向广场，在中轴线上有一个千步廊。开国大典时已形成站队的传统，和莫斯科红场不同，天安门到正阳门相距约 880 米，纪念碑正好可建在其中，前后各 440 米。因为原千步廊的序列是先收后放，使来朝的人有层层放宽的慑人气势，这个现状已经不适合以人民为主的纪念性广场。

包括故宫在内，必须把天安门广场的环境、气氛作一个彻底的革新，以适应社会主义祖国首都的精神面貌。

确定纪念碑位置

在人民英雄纪念碑的前期设计中，有一种意见认为最好不要遮断从天安门向南望的中轴线。这恰恰是忽略了由于开国大典的举行，一个新的政治中心广场正在形成，而人民英雄纪念碑将成为这个广场的中心。

在大家讨论兴建纪念碑的位置时，周恩来提议：

将纪念碑建在天安门广场上。

他解释说，之所以这样提议，是因为天安门广场有"五四"以来的革命传统，同时这里也是全国人民和全世界人民敬仰的地方。

周恩来的提议得到了大多数人的赞同。

在确定了把人民英雄纪念碑建立在天安门广场后，接下来的问题是将纪念碑建在天安门广场的哪个位置。

在确定位置的时候，有人主张建在前门楼上或放在中华门南面约相当于现在毛主席纪念堂的位置；也有人主张拆除端门的城楼，将纪念碑建在端门台基上。

在中国古代建筑中，从周代起就有在中轴线上建碑的传统。看一下人民英雄纪念碑在天安门广场中所处的位置可以发现，与古代天子诸侯宫殿前的空地广场上碑

的位置也十分相近。另外，中华人民共和国成立以后，由永定门经前门、中华门到天安门的南北行进由于前门的封闭而阻断，天安门广场的行进路线转向广场东西两侧的道路，这也使人民英雄纪念碑成为一个由周边建筑围合的广场中心，这使得纪念碑的设计，可以向高而挺拔的方向发展。

也可以说，天安门广场性质的转换，确立了人民英雄纪念碑的设计思想和造型方向。

经过反复讨论，全国政协第一次会议通过：纪念碑建在天安门广场国旗旗座之南，天安门与原中华门门洞的中轴线上，并和天安门与正阳门的距离大致相当。

中国人民政治协商会议第一届全体会议通过了修建人民英雄纪念碑的决议，并于 9 月 30 日举行了奠基典礼，同时通过了纪念碑碑文。

这座为纪念 1840 年至 1949 年间为了反对内外敌人，争取民族独立和人民自由幸福，在历次斗争中牺牲的人民英雄而建立的高大塔碑，堪称中国"第一碑"。

从后来建成后的效果来看，中间留出了宽阔的群众场地，从广场北部南望纪念碑，前庭开阔，恢宏雄伟。

在纪念碑建成后，这里多次举行全国性的大规模的群众集会活动，都很成功，证明了人民英雄纪念碑的位置确定是深谋远虑的规划与布局。

周恩来在奠基仪式上致辞

1949 年 9 月 30 日，毛泽东等刚参加完第一届中国人民政治协商会议的代表们，迈着稳重的步伐，缓缓地、默默地从中南海的怀仁堂走出，来到天安门外的奠基石碑前。

在夕阳余晖的照耀下，整个天安门广场显得柔和而庄重，时间好像在此时停止，历史好像在这里定格，一切都停下匆匆的脚步，等待庄严的时刻到来。

在这里，即将要举行庄严的人民英雄纪念碑奠基仪式，这是一个虔诚的神圣仪式，也是一个充满无形力量的伟大仪式。

在中国人民摆脱屈辱历史、反对殖民统治的斗争中，在中国共产党领导人民争取民族解放的光辉历程中，中华儿女不屈不挠，英勇奋斗，写下了一篇篇惊天地、泣鬼神的英雄乐章。

为了永远纪念革命的先烈，缅怀他们的丰功伟绩，在新中国诞生的前夜，党和人民决定在天安门广场建立人民英雄纪念碑。

这是个重要的时刻。此时的天安门安静而肃穆，3000 多名首都各界群众代表早已提前到达现场。

一般奠基典礼，由奠基人铲一铲土，投入坑即成，但人民英雄纪念碑的奠基仪式，显得格外庄重严肃。大家都感到有一种告慰 5000 年中华历史、告慰无数革命先烈的沉重感。

毛泽东精神抖擞，面对全体政协代表，站好立正姿势，两手紧贴裤缝，以昂扬的声调，喊出了符合步兵操典要求的口令。

尽管事前没有经过任何统一训练，但大家的行动却是那么一致与规范，可见，此时都有一种神奇的力量在支配着大家，那就是虔诚的心。

纪念碑奠基礼仪式，由中央人民政府委员会秘书长林伯渠主持。

紧接着，国歌响起：

> 起来！
> 不愿做奴隶的人们！
> 把我们的血肉筑成我们新的长城！
> 中华民族到了最危险的时候，
> 每个人被迫着发出最后的吼声。
> 起来！
> 起来！
> 起来！
> 我们万众一心，
> 冒着敌人的炮火，前进！
> 冒着敌人的炮火，前进！

前进！

前进！进！！

国歌响彻天安门广场，余音缭绕，伴随着蓝天，伴随着白云，在天空久久回荡。

每个人都在心中默默地唱着，唱着，一种潜滋暗长的力量注入了每一个人的热血。

18 时整，林伯渠秘书长走向前，在庄严的国歌乐曲声中，他用充满感情的声音宣布：

人民英雄纪念碑奠基礼仪式现在开始！

接下来，周恩来代表主席团走向前，面向参加仪式的同志们，在庄严肃穆的气氛中致辞：

我们中国人民政治协商会议第一届全体会议为号召人民纪念死者，鼓舞生者，特决定在中华人民共和国首都北京建立一个为国牺牲的人民英雄纪念碑。现在，1949 年 9 月 30 日，我们全体代表在天安门外举行这个纪念碑的奠基典礼。

这时，全体代表向人民英雄脱帽致哀。大家低垂着头，一分钟、两分钟……时间好像凝结了一样，它浓缩

了 5000 年的中华历史，凝结了无数革命先辈的心血，在此时此刻，都化为了中华民族的永恒力量。

毛泽东在奠基仪式上宣读碑文

全体代表向人民英雄脱帽致哀完毕，毛泽东走向前，为人民英雄纪念碑宣读由他亲自撰写的纪念碑碑文：

三年以来，在人民解放战争和人民革命中牺牲的人民英雄们永垂不朽！

三十年以来，在人民解放战争和人民革命中牺牲的人民英雄们永垂不朽！

由此上溯到一千八百四十年，从那时起，为了反对内外敌人，争取民族独立和人民自由幸福，在历次斗争中牺牲的人民英雄们永垂不朽！

"三年以来"指解放战争；

"三十年以来"指1919年"五四"运动到中华人民共和国成立期间，其中所指战争包括第一次国内革命战争、抗日战争和解放战争；

"一千八百四十年"指1840年鸦片战争。

碑文的含义就是分别对三年解放战争时期，为了最后摧毁国民党反动统治而牺牲的英雄们，1919年"五四"运动至1949年中华人民共和国成立这整个新民主主义革命阶段中牺牲的人民英雄们，以及从 1840 年鸦片战争起，100 多年来在反帝反封建斗争中牺牲的人民英雄们，表示永远的纪念。因为，中华人民共和国的成立是他们英勇斗争的胜利果实，他们虽然牺牲了，但是他们的斗争精神和丰功伟绩千秋永照，万古长存。

毛泽东的声音铿锵有力，在天安门上空久久回荡。他的碑文也写出了所有生者对英雄们怀念与崇敬的心声，许多人流下了感动的泪水。

读毕，毛泽东跨步向前，执铲铲土，投入坑中。

刘少奇、周恩来、朱德等其他代表也都一一铲土入坑。

以纪念碑为中心规划广场

1958 年 8 月，中共中央在北戴河举行的政治局扩大会议上决定：为了迎接共和国的第十个国庆纪念日，要改建天安门广场，并在北京建设一批公共建筑工程，包括万人大礼堂（即后来的人民大会堂）、中国革命博物馆、中国历史博物馆、中国人民革命军事博物馆、民族文化宫、中国美术馆、钓鱼台国宾馆、全国农业展览馆、北京火车站、北京工人体育场，总建筑面积 64 万平方米，简称"国庆十大工程"。

这次扩建工程中的天安门广场的建筑规划，最突出的一点，是以人民英雄纪念碑为中心提出了"品"字形、"四"字形等方案，最后综合以上方案，由毛泽东、周恩来、彭真确定。

1958 年 12 月底中共中央政治局讨论国庆工程，正式批准了天安门广场规划和施工方案。

改建天安门广场关系着迎接建国十周年、解决全国性大型会议场所、对人民进行革命传统教育的需要，有着非常重要的现实意义和历史意义。

最后审定的天安门广场规划方案是这样的：广场正中是人民英雄纪念碑，西侧为人民大会堂，东侧为中国历史、革命博物馆，东西相距约 500 米。广场南面拆除了中华门，从天安门城楼到正阳门之间相距约 860 米。广场由原来的 21 公顷扩大到 44 公顷，可容纳 40 万人聚会。在人民大会堂以及中国历史博物馆和革命博物馆的南面，预留了另外两座大型公共建筑的位置。

国庆十大工程中，天安门广场的改建无疑是国庆工程的核心。宏伟壮丽的天安门广场，处于北京的心脏位置，是世界上最大的城市广场。

1949 年开国大典前，天安门广场进行了一次整治，立国旗旗杆，移天安门门前的华表和石狮；1950 年，拆除东、西三座门；1952 年，拆除长安左门和长安右门，将观礼台改建为永久性建筑；1955 年天安门广场进行了一次较大的改建，拆除了沿公安街和西皮市的东、西两道宫墙，广场面积扩展了近一公顷，天安门前的榆树、槐树换植油松，广场铺砌了混凝土方砖。

自 1949 年到 1954 年，北京市就天安门广场的改建陆续做了 15 个方案，反映出当时对天安门广场的性质、规模，对古建筑的处理以及广场的尺度等都有很大的争论。

毛泽东对天安门的改建表态：改造天安门广场要反映出我国历史悠久、地大物博、人口众多的特点，气魄要大，要使它成为庄严宏伟能容纳 100 万人集会的世界上最大的广场。在天安门城楼上，毛泽东向彭真指示，天安门广场要从原长安左门与长安右门处一直向南拓展，直抵正阳门一线城墙。

1958 年 12 月，中央政治局开会讨论国庆工程，毛泽东、刘少奇、朱德、邓小平等出席，周恩来亲自介绍天安门广场的规划设计。

会议通过了综合设计方案：天安门广场是一个庄严雄伟的政治性广场，保留正阳门和箭楼，拆除中华门，东、西两侧分别为革命博物馆、历史博物馆和人民大会堂，其体形、体量和高度，既取决于建筑物本身的需要，也要与广场呈现整体性，与旧有的古建筑相协调。广场面积初定 40 公顷，略呈长方形。

天安门广场的工程从 1959 年 3 月开工至 1959 年 9 月结束，仅用了 6 个月时间。按照这一指示进行的天安门广场改建，东西宽 500 米，南北长 860 米，最终实现的面积达 44 公顷。广场中心干道长 390 米，宽 80 米，可同时通过 150 列纵队游行队伍，广场中部可容纳 40 万人游行、聚会。

这就是当年"国庆十大工程"的核心，即天安门广场改建的最终格局，也就是我们今天看到的天安门广场。

二、 审定设计方案

- 1949 年，北京市计划委员会向全国各建筑设计单位、大专院校建筑系发出征选纪念碑规划设计方案的通知。

- 1951 年 8 月 29 日，梁思成给纪念碑主要负责人彭真写了封信，切实地提出了自己的看法和观点。

- 1952 年 5 月 10 日，在北京市市政府的第一会议室里，由梁思成主持召开了人民英雄纪念碑兴建委员会成立大会。

向全国征选规划设计方案

1949 年，由北京市人民政府主持，北京市计划委员会向全国各建筑设计单位、大专院校建筑系发出征选纪念碑规划设计方案的通知。

通知下发后，海内外各地有识之士纷纷开始构思设计，力争为祖国的建设作出一份贡献。

对收到的方案进行整理，大致可以分为几个主要类型：

一是认为人民英雄来自广大工农群众，碑应有亲切感，方案采用平铺在地面的方式；

二是以巨型雕像体现英雄形象；

三是用高耸矗立的碑形、塔形，体现革命先烈高耸云霄的英雄气概和崇高品质。

关于艺术形式，有用中国传统形式的，有用欧洲古典形式的，也有"现代"式的。计划委员会邀请各方面单位、团体的代表以及在京的一些建筑师、艺术家共同评选。

平铺地面的方案很快就被否定，于是争论的中心问题是以碑的形式为主，还是以雕像的形式为主。

后来，周恩来指示：

建筑纪念碑目的在于"纪念死者，鼓舞生者"。

根据这一指示，计划委员会经组织讨论，最后确定了"高而挺拔"的原则，并组织设计人员归纳设计成三个方案，连同模型送中央审定。

经审查，初步选出了高耸的矩形立柱等三个方案。这三个方案都做成了与实物 1∶5 的大模型，两个碑顶换上坡屋顶和群雕像的小模型，自 1951 年国庆节起放在天安门广场毛泽东奠基处陈列，广泛征求全国人民的意见。

对纪念碑设计展开大讨论

1950 年 6 月 10 日，在北京市计划委员会举行的人民英雄纪念碑设计讨论会上，确定了纪念碑建筑设计的原则。

会上提到：

> 碑文为本设计之主要部分，非次要者或装饰品；碑文的部位应在显著的中轴线上，以适当的高度和正常的视线作为根据，来决定纪念碑的体形。这里强调了碑文是设计的中心，应放在中轴线上，即南北两面，虽然没有确定碑文的设计朝向，但此次讨论提出了碑的实用功能"应照顾到各地人民及对外交使节献花方式，即碑文的正反面问题"。

林徽因和梁思成一致主张，人民英雄纪念碑的设计应以碑的形式为主，以碑文为中心主题。

他们最担心的问题是如果以雕像为主，天安门前建筑群的和谐可能会被苏联的青铜骑士之类的雕像破坏。中国的现实情况与外国不同，外国的纪念雕塑一般只是纪念一人、一事，而人民英雄纪念碑则是纪念鸦片战争以来跨越百年的无数人和事，这是任何群雕大师无论用具体或抽象的雕塑都难以构思和表达的。

如果以文字和书法表达纪念内容的传统方式设计人民英雄纪念碑，既能简单明了地表达这一伟大内容，又符合中国传统民族形式，体现出中国特色和中国气魄。

林徽因曾直率地说：

> 任何雕像或群雕都不可能和毛泽东亲题的"人民英雄永垂不朽"和周恩来亲题的碑文相比。

在风格设计上，林徽因主张以最能代表中国传统文化特色的唐代风格为蓝本。盛唐文化是中国历史上的华彩乐章，显示着时代风貌和社会形态。

唐代雕塑吸收了南朝文化精致、细腻，华美的优点，又刚柔并济，浑厚中有灵巧，粗犷中有妩媚，豪放中有细腻，凝重中有轻盈。唐代雕塑代表着完满、和谐，基本上完成了中国古代文化艺术的结构体系。同时唐代艺术具有与欧洲文艺复兴类似的人文主义特点，因此能更好地表达人民对英雄的歌颂与怀念。

经过多次讨论，计划委员会采用了梁思成和林徽因建议的设计方案，即以碑为主，以碑文为主题。

后来在 1953 年 2 月，美工组下属的研究组，包括吴作人、王朝闻、王式廓、董希文、王逊、吴劳、高庄、

冯法祀等，和北京市美术家们分别召开会议，对纪念碑的碑形设计提出了很多意见。

经过热烈的讨论，美术家们提出了许多意见，根据上级的精神，纪念碑的碑形已由中央领导决定，纪念碑的基础工程已经在做，所以最好在原基础上提意见。在收到了一批新的碑形设计方案的基础上，经过修正的碑形设计方案较前有了不少变化。

1953 年 5 月 28 日，美工组全体同志整理出了一个共同的意见，对纪念碑的新碑形表示肯定，并提出了一些修改意见，内容如下：

> 大家基本一致同意新碑形。碑盖简单一些，提高些，脊的形象以向外凸出为好。浮雕部分加高、加大，碑身弧线小一点。阶梯口再放宽，每侧多一个栏杆。第二层台，四面放宽一个栏杆。

从修改的思路可以看出，雕塑家们并不同意为了追求纪念碑造型挺拔而缩短底座宽度，因此要求加宽浮雕部分。

这些意见为纪念碑的造型修改提供了有益的参考，完善了纪念碑的碑形设计，部分地弥补了雕塑家在纪念碑前期设计工作中没有参与的缺憾。

纪念碑开工后，纪念碑兴建委员会仍不断收到群众和专家的新的修改意见。委员会又将设计经过及所有图案照片寄发各地建筑单位、建筑学校、美术界、文艺界，再度征求图案和文字意见，又收到图案 30 多幅、文字意见 100 多件。

经多次座谈，将原碑形进行了修改。

这次设计确定以双重须弥座来承托碑身，取消由旁门曲折而上的检阅台和台身内部狭窄、目的性不明确的陈列室。

至此，纪念碑碑形雄朴，主题明确。同时提出，广场本身的建设计划也须早日确定，从而使纪念碑立于广场之中，以显其崇高伟大。

梁思成就设计方案致信彭真

1951 年 8 月 29 日，梁思成给纪念碑主要负责人彭真写了封信，切实地提出了自己的看法和观点。

这封信的内容如下：

彭市长：

......

以我对于建筑工程和美学的一点认识，将它分析如下。这次 3 份图样，除用几种不同的方法处理碑的上端外，最显著的部分就是将大平台加高，下面开 3 个门洞。

如此高大矗立的、石造的、有极大重量的大碑，底下不是脚踏实地的基座，而是空虚的 3 个大洞，大大违反了结构常理。虽然在技术上并不是不能做，但在视觉上太缺乏安定感，缺乏"永垂不朽"的品质，太不妥当了。我认为这是万万做不得的。这是这份图样最严重、最基本的缺点。

在这种问题上，我们古代的匠师是考虑得无微不至的。北京的鼓楼和钟楼就是两个卓越的例子。它们两个相距不远，在南北中轴线上

一前一后鱼贯排列着。鼓楼是一个横放的形体，上部是木构楼屋，下部是雄厚的砖筑。因为上部呈现轻巧，所以下面开圆券门洞。但在券洞之上，却有足够高度的"额头"压住，以保持安定感。钟楼的上部是发券砖筑，比较呈现沉重，所以下面用更高厚的台，高高耸起，下面只开一个比例上更小的券洞。它们一横一直，互相衬托出对方的优点，配合得恰到好处。

但是我们最近送上的图样，无论在整个形体上，台的高度和开洞的做法上，与天安门及中华门的配合上，都有许多缺点。

1. 天安门是广场上最主要的建筑物，但是人民英雄纪念碑却是一座新的、同等重要的建筑：它们两个都是中华人民共和国第一重要的象征性建筑物。因此，两者绝不宜用任何类似的形体，又像是重复，而又没有相互衬托的作用。现在的碑台像是天安门的小模型，天安门是在雄厚的横亘的台上横列着的，本身是玲珑的木构殿楼。所以英雄碑是石造的就必须用另一种完全不同的形体：矗立峭峙，雄朴坚实，根基稳固地立在地上。把它浮放在有门洞的基台上，实在显得不稳定，不自然。也可说是很古怪的筑法。

由上面两图中可以看出，与天安门对比之

下，上图的英雄碑显得十分渺小、纤弱，它的高台仅是天安门台座的具体而微，很不庄严。同时两个相似的高台，相对地削减了天安门台座的庄严印象。而下图的英雄碑，碑座高而不太大，碑身平地突出，挺拔而不纤弱，可以更好地与庞大、龙盘虎踞、横列着的天安门互相辉映，衬托出对方和自身的伟大。

2. 天安门广场现在仅宽100米，即使将来东西墙拆除，马路加宽，在马路以外建造楼房，其间宽度至多亦难超过一百五六十米。在这宽度之中，塞入长宽约40余米，高约六七米的大台子，就等于塞入了一座约略可容1000人的礼堂的体积，将使广场窒息，使人觉得这大台子是被硬塞进这个空间的，有更使广场透不出气的感觉。由天安门向南看去或由前门向北望来都会失掉现在辽阔雄宏之感。

3. 这个台的高度和体积使碑显得瘦小了。碑是主题，台是衬托，衬托部分过大，主题就吃亏了。而且因透视的关系，在离台二三十米以内，只见大台上突出一个纤瘦的碑的上半段。所以在比例上，碑身之下，直接承托碑身的部分只能用一个高而不大的碑座，外围再加一个近于扁平的台子，即为瞻仰敬礼而来的人们而设置的部分，使碑基向四周舒展出去，同广场

上的石路面相衔接。

4. 天安门台座下面开的门洞与一个普通的城门洞相似，是必要的交通孔道。比例上台大洞小，十分稳定。碑台四面空无阻碍，不唯可以绕行，而且我们所要的是人民大众在四周瞻仰。无端端开 3 个洞窟，在实用上既无必需；在结构上又不合理；比例上台小洞大，"额头"极单薄，在视觉上使碑身漂浮不稳定，实在没有存在的理由。

总之，人民英雄纪念碑是不宜放在高台上的，而高台之下尤不宜开洞。

至于碑身，改为一个没有顶的碑形，也有许多应考虑之点。传统的习惯，碑身总是一块整石。这个英雄碑因碑身之高大，必须用几百块石头砌成。它是一种类似塔型的纪念性建筑物，若做成碑形，它将成为一块拼凑而成的"百衲碑"。很不庄严，给人的印象很不舒服。

关于此点，在一次的讨论会中我曾申述过，张奚若、老舍、钟灵，以及若干位先生都表示赞同。所以我认为做成碑形不合适，而应该是老老实实的多块砌成的一种纪念性建筑物的形体。因此，顶部很重要。我很赞成注意顶部的交代。可惜这 3 份草图的上部样式都不能令人满意。我愿在这上面努力一次，再草拟几种图

样奉呈。

薛子正秘书长曾谈到碑的四面各用一块整石，四块合成，这固然不是绝对办不到，但我们不妨先打一下算盘。前后两块以长18米，宽6米，厚1米计算，每块重约215吨；两侧的两块，宽4米，各重约137吨。我们没有适当的运输工具，就是铁路车皮也仅载重50吨。到了城区，4块石头要用上万的人力、兽力，每日移动数十米，将长时间堵塞交通，经过的地方，路面全部损坏。无论如何，这次图样实太欠成熟，缺点太多，必须多予考虑。英雄碑本身之重要和它所占地点之重要都非同小可。我以对国家和人民无限的忠心，对英雄们无限的崇敬，不能不汗流浃背，战战兢兢地要它千妥万帖才敢喘气放胆做去。

此致敬礼！

梁思成

1951年8月29日

梁思成的信中还详细地画上了好几幅草图。他的信实质上是一篇精湛的人民英雄纪念碑的设计论文。

彭真对信中的意见高度重视，并在纪念碑碑体的设计中采用了梁思成的建议。

梁思成于1924年进入美国宾夕法尼亚大学学习。他在听过建筑史教授阿尔弗莱德·古米尔的课后，对建筑史产生了浓厚的兴趣。

在宾大建筑系最后一年的学习中，梁思成对意大利文艺复兴时代的建筑进行了广泛的研究。从比较草图、正面图，以及其他建筑特色入手，梁思成追溯了这一时期建筑的发展道路。

从梁思成在校期间获得两枚设计金奖可以得知，他的学习成绩是十分优秀的。当然，梁思成没有赶上20世纪30年代格罗皮乌斯、米斯凡德罗从德国到美国开创的包豪斯的现代建筑教学，这使他感到遗憾，认为自己刚好错过了建筑学走向现代的大门。

从欧美留学回到中国时，梁思成对西洋古典和当代建筑的知识量超过了对中国古建筑的了解。有论者认为：他对欧美古典和现代作品的学习，时间很短不可能深入，但西方学者对知识的态度和治学方法，对他的工作会有作用。

梁思成去考察中国古建筑，显示出了计划性和系统性，脑子里有具体形象的格局，对欠缺的内容心中有谱。

梁思成历来习惯于把收集来的资料分门别类地整理，凡事都讲究个一二三。

这些教育背景和技术手段的运用，使他与中国前人不同。在很大程度上，他是用西方人的眼光，回头审视中国古建筑，因此具有独特的敏感性。

早在梁思成19岁时，就设计了清华大学的王国维纪念碑。因此梁思成对人民英雄纪念碑的设计具有鲜明的中国特色，这是一致公认的。

20世纪50年代初，围绕人民英雄纪念碑是采用雕塑形式还是碑的形式有许多争论，一些批评的意见认为纪念碑的造型设计太传统。当时有许多人不理解，但梁思成坚持了自己的设计思想，也吸收合理的意见做了修改。

定下碑的形式以后，碑体的造型与碑顶处理也是很难的问题，梁思成为此呕心沥血。

在梁思成对人民英雄纪念碑进行设计的时候，他已经对中国传统建筑有了深入的研究，所以，人民英雄纪念碑的设计风格，体现出鲜明的中国传统建筑特色是一点也不奇怪的。

但是，在中国传统建筑中，并没有人民英雄纪念碑这样高大的以指向天空为精神的建筑物。中国传统建筑中，碑是一种建筑群体的附属物；只有塔这样的建筑才会有如此的高度和纪念性，而西方的纪念碑与纪念柱一向就有比较高的高度。

梁思成对人民英雄纪念碑的设计虽然具有鲜明的中国特色，但也反映了他对城市广场空间的把握，对纪念碑整体与天安门广场周围环境与建筑物的相互关系的研究。而纪念碑的碑身部分，也吸收了古希腊神庙石柱、中国古代佛塔建筑和宫殿廊柱的特点，纪念碑的设计是对中外建筑研究的合理成果。

梁思成写给彭真市长的这封信，阐明了他对人民英

雄纪念碑设计的基本思想。

今天看来，这封信对于中央首长下决心采用现在建成的碑形具有决定性的作用。如果不是梁思成的这封信，人民英雄纪念碑也可能会是另外一种形式。

信的起因是计划委员会设计组将三种人民英雄纪念碑设计草图，未经梁思成审查就送交彭真。梁思成知道以后，十分着急，就立刻写信给彭真市长，陈述自己的看法。

在这封信中，梁思成指出了方案的三个大洞大大违反了结构常理，如此严重的缺点，导致视觉上太缺乏安全感，缺乏"永垂不朽"的品质。

梁思成进而从纪念碑与天安门的关系上阐述了纪念碑与天安门作为中华人民共和国第一重要的象征性建筑物，不应有任何类似的形体，而应互相衬托出对方和自身的伟大。天安门是木构殿楼，横亘在有门洞的基台上，纪念碑是石质构建，应坚实稳固地立在地上。

另外，一个高大的台子塞入天安门广场中，使广场透不过气，显得更加瘦小。所以梁思成主张，在碑身之下，直接承托碑身的部分只能用一个高而不大的碑座，外围再加一个近于扁平的台子供人们瞻仰之用，使碑基向四周舒展出去。

总之，这个方案中高大的检阅台和台座下的三个大洞既与天安门重复，也无实用功能，无论从美学的角度还是从建筑学的角度都存在很大问题。

梁思成以其对于天安门审美意蕴的把握，从纪念碑与天安门的相互关系中，确立了纪念碑设计的基本思路，以后的设计，均是按照梁思成的思想进行的。

这封信是纪念碑设计历史中具有决定性意义的理论阐述，也是梁思成对纪念碑设计所作出的历史性贡献。

纪念碑兴建委员会成立

1952 年 5 月 10 日，在北京市市政府的第一会议室里，由梁思成主持召开了人民英雄纪念碑兴建委员会成立大会。

会议通过了《委员会组织规程草案》及重要工作人员名单，决定由兴建委员会负责审查纪念碑设计、浮雕图案、核定工程计划及经费等重大事宜。

委员会由全国政协、解放军总政治部、北京市人民政府等 17 个单位组成。

这些单位是：政协全国委员会、全国总工会、中共中央宣传部、军委总政治部、华北军区政治部、文化部、政务院机关事务管理局、中央财经委员会、中央民族事务委员会、中央华侨事务委员会、全国美术工作者协会、中国建筑工程学会、中共北京市委、北京市人民政府、北京市总工会、北京市协商委员会、北京市计划委员会。

人民英雄纪念碑兴建委员会成立大会，还推选了彭真市长为主任委员。

另外，会议还决定郑振铎、梁思成为副主任委员，薛子正为秘书长，王明之为工程事务处处长，吴华庆为副处长。

工程事务处下设 7 个小组，分别为：建筑设计组，

美术工作组，电气装置组（由中央人民广播电台及北京电业局负责），土木施工组，石料供应组，财务核算组（由中财委负责），摄影纪录组（由北京电影制片厂及新闻摄影局负责）。

会议通过的《首都人民英雄纪念碑兴建委员会组织规程》第四条规定：

> 本会委员会负责审查纪念碑设计、浮雕图案、核定工程计划及经费等重大事宜。

第六条规定：

> 建筑设计组的任务是负责设计纪念碑图案，绘制施工图样，计算结构，在施工期间，随时检查工作，供给详图。

美术工作组的任务是负责拟订浮雕题材、设计图面及制作浮雕等工作。

会议决定，人民英雄纪念碑系伟大而永久的革命纪念物，必须集中全国最优秀的人才从事此工作，必要时可以通过中央人事部向全国各地调用干部。

关于美工组的组长人选，会议决定由全国美术工作者协会自行推定，并成立核心组，负责决定组内重要问题，并与设计组联系。

6月19日，纪念碑美术工作组成立。组长刘开渠，副组长滑田友、张松鹤。

此外，建筑设计组的组长为梁思成，副组长莫宗江；土木施工组组长王明之。

其实，关于人民英雄纪念碑兴建委员会，早在一年前已经开始筹建了。

1951年2月27日，北京市人民政府给政务院的报告中，已经提到有关纪念碑兴建委员会的问题。

这一报告由当时北京市市长聂荣臻，副市长张友渔、吴晗签署。主要内容是拟于1951年春纪念碑开始施工，并提出了组织机构的建立和工程预算。

这一报告的第四条还说：

> 拟即成立纪念碑兴建委员会开始兴建，谨检附纪念碑图样四纸，关于图样与前呈阅草图略有更改、模型一具，附模型说明、造价概算表及纪念碑兴建委员会组织规程草案各一件，呈请校示。

根据北京市人民政府1952年5月22日关于成立首都人民英雄纪念碑兴建委员会致政务院周恩来的报告稿记载，北京市政府于4月29日邀请中央部门、军委总政治部、政协全国委员会等9个单位，举行纪念碑筹建座谈会，经讨论，决定成立"首都人民英雄纪念碑兴建委员会"负责兴建工作，由政协全国委员会、全国总工会等17个单位各推派代表1人为委员。5月10日，兴建委员会正式成立。

为了保证纪念碑工程的质量和顺利施工，人民英雄纪念碑兴建委员会下设4个专门委员会。

这4个专门委员会分别是：

施工委员会委员，由重工业部基本建设处副处长郑孝燮、中财委总建筑处直属工程公司刘导楠、北京市建筑公司设计部钟森、北京市企业公司张象昶、清华大学吴柳生担任。

建筑设计专门委员会委员，由中国建筑公司庄俊、南京大学建筑系杨廷宝，政务院文物局郑振铎，北京市建筑公司的张博和朱兆雪，清华大学的赵政之、林徽因、莫宗江、吴良镛，中宣部王朝闻，计划委员会陈占祥担任。梁思成作为召集人，薛子正、吴华庆、梁思敬列席。

结构设计专门委员会委员，由杨宽麟、陈致中、陈梁生、茅以升、蔡方荫、林诗伯、陈志德、卜维德、王明之担任。召集人为朱兆雪。

雕画史料编审委员会委员，由科学院现代史研究所范文澜、刘大年、荣孟源，政务院文物局的郑振铎和王冶秋，中央美术学院的江丰，军委总政治部陈沂，中宣部党史资料室缪楚黄、中共中央办公厅裴桐担任。召集人为范文澜。

3个处是工程事务处、设计处、办事处。

7 个组是工程事务处下辖的土木施工组、石料供应组、电气装置组、财务会计组、摄影纪录组；设计处下辖的建筑设计组、美术工作组。其中最为重要的 3 个组为：土木施工组、建筑设计组、美术工作组。

　　至此，纪念碑兴建委员会基本框架已经确定。

　　在接下来的工作中，建筑设计委员会和雕画史料编审委员会多次召开会议，对纪念碑的建筑设计和浮雕题材、题目的确定发挥了重要作用。

毛泽东指导审定设计方案

1952 年 5 月 10 日，人民英雄纪念碑兴建委员会正式成立后立即展开工作。他们从 240 多种设计方案中精选出 8 种，向专业设计人员广泛征求意见。

这 8 种设计方案包括矮而分散的典型设计，高而分散的典型设计，做成三座门的设计，矩形主柱式碑形——高的典型设计、有望台的设计、红墙上立碑的设计、碑顶立群像的设计和最后被采用的碑形设计。

在众多的设计方案构思中，设计意见有较大的差别。分歧较大的意见有：碑的下座要不要建成陈列室；下层台阶要不要作成检阅台；碑身要不要做成空的，顶部开窗，可供瞭望北京市容；意见中分歧最大的是碑顶的造型，到底是建成宝顶歇山式，还是塑造英雄的群雕。

因为这些意见不统一，使得工程难以启动。经主持这项工作的中央领导与有关方面初步协商，最后决定：

1. 台基部分先按陈列室设计，留有改变的余地。

2. 因为已有天安门作为大检阅台，下层平台决定不作检阅台设计。

3. 为维修方便，碑身做成空筒但筒顶不开瞭望窗以维护纪念碑的庄严肃穆。空筒碑身也使得碑体重量大大减轻，连地下的混凝土在内，总重量只有 1 万吨左右。

4. 最难确定的碑顶暂缓设计，选意见最为集中的设计方案中的 3 个制成 1:5 的模型，竖立在天安门广场上，广泛征求全国人民的意见。

就在底层按陈列室设计全部钢筋混凝土即将完成时，台基做成实体的意见又占了上风，坚持这一方的理由很有说服力：做成实体碑身显得庄重稳妥，如下设陈列室，碑身则有架空不稳之感，这对于一座烈士纪念碑是不合适的。

人民英雄纪念碑是毛泽东、周恩来等老一辈革命家十分关心的事情，也是在他们直接指示下完成的。史料中有一份珍贵的毛泽东手书批示。事情缘于朱启钤、章士钊、叶恭绰三位民主人士看到人民英雄纪念碑的设计后，向毛泽东建议，对纪念碑的设计提出新的意见，如：

浮雕史料应特别慎选，人民共和国成立的图画不可漏略；浮雕用材可考虑铜铸；整个图形宜再行斟酌；各部分纹样宜另行选择，明清两朝纹样纤弱无力，不宜多用等。

毛泽东看到建议后，批示：

彭真同志，此件请付委员会讨论并邀建议三人参加。

北京市档案馆的档案中还有另一份毛泽东亲笔修改的纪念碑奠基石碑文草稿。原碑文是彭真同志拟写的"中国人民解放战争和中国人民革命烈士纪念碑奠基典礼"，毛泽东改为："在中国人民解放战争和中国人民革命中牺牲的人民英雄们永垂不朽！"

1953 年后，兴建委员会对既定方案的颜色、高矮等情况进行进一步完善和修改，边设计边施工，直到 1957 年设计工作才全部完成。

纪念碑的设计方案从发布征集通知到最终定稿用了 8 年。

三、 专家学者创作

●1953 年 12 月初，刘开渠率领负责纪念碑雕塑的 9 位雕塑家开始了全国性的旅行，目的是参观我国历史遗留下来的著名雕塑艺术。

●为了更好地完成设计，做出最美的图案，林徽因画了数百张不同风格的草图。

●后来，彭真又说周恩来写得一手极好的颜字，建议碑文请周恩来手书。

陈志敬镌刻奠基石碑碑文

在北京天安门前建立人民英雄纪念碑，是 1949 年中国人民政治协商会议第一届全体会议全体代表为纪念在人民解放战争和人民革命中牺牲的人民英雄，经过认真商讨后作出的决议。

鲜为人知的是，在这次人民英雄纪念碑奠基礼仪式上，有一个特殊的人也在场。他的名字叫陈志敬，他就是奠基石碑碑文的镌刻者。

1949 年 9 月 23 日，也就是政治协商会议第一届全体会议举行的第三天晚上，有几位政协的同志找到北京唯一一家用传统工艺镌碑的店铺，即琉璃厂 261 号镌碑处。

他们敬请店铺的主人陈志敬刻一座碑，碑文由毛泽东起草，名士叶恭绰书写，并且说一定要在 9 月 30 日前把碑文刻好。

接到任务后，陈志敬开始着手准备。由于时间紧，按照常规的做法，来不及找到石料。所以陈志敬决定在家里的旧碑中找一块合适的碑。

碑是找到了，但这个旧碑上还有碑文。陈志敬就带领妻子和两个小儿子，先用粗沙石把旧碑上的碑文磨平，再用细水沙石把石碑磨光，擦干净碑的表面，最后给碑上墨、上蜡，此时已快到 9 月 23 日 24 时了。

9 月 24 日，政协委员的同志把碑文送到陈志敬家，经过一个星期的努力，陈志敬终于按时完成了碑文镌刻任务。

9 月 30 日上午，陈志敬雇了一辆人力车，把石碑送到天安门广场，因为担心车来回颠簸会把石碑弄坏，所以特地拿一床被子垫着。

就这样，赶制的奠基石碑在奠基仪式举行时派上了用场。

讨论确定纪念碑浮雕主题

1952 年 2 月，时任浙江美术学院院长兼杭州市副市长的刘开渠一行来到北京。

当时的北京市市长、纪念碑兴建委员会主任委员彭真在介绍刘开渠时，风趣地说："我们请来了一位副市长。"

刘开渠担任了纪念碑的全部美术工作。

6 月，美工组拟订了十分明确的工作报告和计划，共分为 3 个阶段，主要内容包括：

> 根据 10 块浮雕题材学习文件和近代史；
>
> 各小组根据题材内容需要访问收集素材；
>
> 勾出绘画初稿送上级和美术界征求意见；
>
> 讨论碑形和浮雕内容；
>
> 根据雕刻需要进行基本练习；
>
> 依照新碑形进行浮雕起稿；
>
> 分组考察体验生活，到各地研究古代雕刻；
>
> 整理修改浮雕稿送上级审查。

根据美工组的工作计划，首先在中央美院举行了几次大的讲座，由范文澜、郑振铎、许德珩主讲鸦片战争以来的中国近现代史，特别是"五四"运动、"五卅"运动；由军委总政治部派出参加过抗日战争和解放战争的4位干部讲井冈山、平型关、渡江战役等。

进入画稿构图阶段，所需要的题材史料及图片，由谢家声、沈海驹负责，与军委政治部、中央办公厅、中科院近代史研究所联系办理。

纪念碑办事处还向上海、广州等地去函，要求复制"五卅"运动和黄花岗起义等革命历史的照片。美工组还组织雕塑家观看了《翠岗红旗》《钢铁战士》《南征北战》《赵一曼》《新儿女英雄传》《解放了的中国》《大西南凯歌》《红旗漫卷西风》《百万雄师下江南》等革命电影。

据李祯祥回忆，分小组收集资料，访问老同志的工作由画家、雕塑家共同进行，他和艾中信跑到海军去，为"甲午海战"收集资料，访问海军官兵。王卓予所在的"南昌起义"小组则访问了陈士榘等将军。对于浮雕数目的确定和浮雕题目的拟定，经历过一段较长的讨论时间，并且通过多次改动，一直比较混乱。

1952 年 7 月 18 日和 25 日，纪念碑雕画史料编审委员会在范文澜主持下，两次召开会议，讨论纪念碑浮雕题材。

7 月 30 日范文澜致信梁思成，指出：

10 面浮雕顺次序排下来，"五四"恰在后面最大一块，似乎也不甚妥，可否与"二七"合在一块上，如果这样，又缺少一块了，是否可在征求意见信上提出这个问题。请大家推荐一个题材。

8月4日，纪念碑兴建委员会将初步提出的10个浮雕主题和在碑座上的位置图，发给有关领导和机构以及纪念碑兴建委员会全体委员征求意见。

10个题材分别为三元里、义和团、辛亥革命、五四运动、"二七"运动、"五卅"运动、井冈山、游击战、平型关、胜利渡江。

8月6日郭沫若回信，建议加上"八一南昌起义"和"淮海战役"。其中"五卅"运动曾被改为"抢渡大渡河"和"铁索桥"，并作出泥塑草稿，后又改回为"五卅"运动。

到8月26日，共收到回复16件，包括周扬、蔡若虹、江丰、茅盾等就题材、内容和位置等提出的许多意见。

1953年1月19日，人民英雄纪念碑兴建委员会秘书长薛子正传达了毛泽东关于浮雕主题的指示：

"井冈山"改为"八一"；"义和团"改为"甲午"；"平型关"改为"延安出击"；"三元里"是否找一个更好的画面？"游击战"太抽

象；"长征"哪一个场面可代表？

　　毛泽东的这一意见基本上得到了执行。
　　在后来的施建中浮雕题目基本上以第一套标题为准，只是把"烧鸦片"改称为"虎门销烟"或"鸦片战争"，"抗日游击战争"称为"抗日游击战"，"胜利渡江，解放全中国"简称为"胜利渡江"。

刘开渠率团参观雕塑群

1953 年 12 月初，刘开渠率领负责纪念碑雕塑的 9 位雕塑家开始了全国性的旅行，目的是参观我国历史遗留下来的著名雕塑艺术。

这一行人先后到过山西大同、云冈、太原晋祠、天龙山、平遥，河北南北响堂山，陕西西安、顺陵、霍去病墓，甘肃麦积山，河南洛阳、龙门、巩县、开封，山东济南、长清灵严寺等地。每到一处，他们都对当地的雕塑进行认真参观和研究。

决定这一旅行的起因是因为这些负责创作纪念碑的雕塑家，大多是从法国留学归来，他们精通欧洲写实的艺术风格，因此对中国传统雕塑艺术相对陌生一点。为了让两种文化相互融合，把纪念碑的历史内涵真实地表现出来，兴建委决定让这些雕塑家实地参观我国的雕塑艺术。

参观的作品从汉代至明清，从一般浏览到重点欣赏，沿途数万件作品，尽收眼底。部分青年雕塑家则留在工地上做头像，画素描，进行基本练习。

这次考察虽然时间不长，但由于参观是连续不断地进行，所以在历代雕塑的题材和风格上在雕塑家心里形成了鲜明的对比。

他们认识到，中国古代雕塑不管当时是在什么样的社会条件之下，艺术品的目的性总是明白的。

刘开渠认为：

> 中国古代雕刻的两种主要题材：表现人及人的活动和表现宗教或封建统治。在表现人和以人的活动为主的雕塑艺术上，中国古代雕塑家创造了极深刻的现实主义艺术，丰富地制作了感人心弦的作品。

他特别注意到响堂山、武梁祠等地的汉代石刻，那种反映日常生活的大型场面，以极薄的浮刻，表现生活的情节，具有令人舒适的装饰性。

刘开渠尤其赞赏汉代雕塑完全以人的活动和动物为题材，突出题材含义与形象特征的朴实、单纯、雄健的表现方法，为古典雕塑创立了最好的现实主义基础。

对于太原晋祠的 44 尊宋塑女像和长清灵严寺的罗汉，刘开渠认为：

> 就情感丰富、性格真实而言，完全可以和文艺复兴时期的唐纳泰罗相媲美。

刘开渠认真地研究了这些杰出的作品，学习古代作者的创造精神和创作方法，必然会加强和提高美术创作

的力量。

在刘开渠的带领下，雕塑家们在国内各大石窟参观考察，拍摄了许多照片资料，翻制了大量实物。

以这些珍贵的古代雕塑照片为基础对中国古代雕塑的考察研究，拓展了这些长期在法国写实雕塑传统中浸润的雕塑家的视野，对人民英雄纪念碑的浮雕创作产生了深刻的影响。

例如河南巩县石窟寺著名的北魏浮雕《帝后礼佛图》，是杰出的古代石刻浮雕作品，雕法精致、形象生动，行进中的人物俯仰向背，姿态表情各不相同，流畅而统一，既富于装饰性，又简洁概括。

这些不同层次的人物在一个平面上完美地组合，无疑在构图方式和形象刻画方面，给了雕塑家们以很大的启发。

据李祯祥回忆：

经过对古今中外许多浮雕进行的分析研究，确定了现今作品的风格，即浮雕人物比例适当，场面宏伟、生动活泼，表现的内容深刻，与广场其他建筑不仅在色彩上，而且在比例上、体量上均比较协调，成为歌颂英雄、教育人民的很好的形象教材。

在当时的创作过程中，经过反复讨论确定了几个需要统一的问题，即关于画面是否出现具体人物形象问题，是否出现反面人物问题，是否通过暴露敌人的残酷来歌颂英雄的问题，等等。

经过上上下下交换意见，最后决定不出现具体英雄人物，在有限的画面更多地概括表现人民英雄英勇奋战、不怕牺牲、艰苦奋斗为主题的形象，不去过多地暴露敌人残酷的一面。至于构图，经过研究讨论，确定不拘泥于平行构图，每幅构图从内容出发，尽量使其表现充分，注意互相呼应，保持与建筑的和谐。

此行参观我国浮雕群，对天安门广场人民英雄纪念碑浮雕的创作具有极其重要的指导意义。

专家学者创作

林徽因为纪念碑设计纹饰

人民英雄纪念碑的浮雕花纹图案一直十分重要，不仅是纪念碑的建筑装饰组成，而且也生动地表达了人民对英雄的崇高敬意，浮雕花圈则表示对英雄的永久纪念。

在设计浮雕花纹的过程中，林徽因和梁思成都是重要的参与者。后来，由于梁思成工作十分繁忙，而且经常赴苏联访问，林徽因独自承担了纪念碑花纹设计小组的组织工作，并为全套饰纹构思，特别是亲自设计了纪念碑小须弥碑座上的一系列花环浮雕。

从总平面规划到装饰图案纹样，都凝聚着林徽因的心血与汗水。每一张图纸，每一个细节的改动，她都一张一张认真推敲，反复研究。

在设计过程中，林徽因采用百花和卷草作为碑座装饰纹样的主题，而在不同的位置上用不同的方式以求变化，以取得建筑物本身各部分所要求的装饰效果。

据纪念碑的设计资料所载："百草花纹是我国历代人民所熟悉而喜爱的题材，有悠久的优良传统……而在细节各部如花朵、花梗、卷叶、丝带等，包含着崭新丰富的内容和现实的形象，能活泼地表现出我们自己这个时代的精神。"

在选用装饰花环的花卉品种上，林徽因最初选用的

是木棉花，通过对花卉专家咨询后得知木棉并非中国原产，因此便放弃了这一构想。

经过仔细研究和筛选，最后选定了牡丹、荷花和菊花 3 种花作为高贵、纯洁和坚韧的象征。

为了更好地完成设计，做出最完美的图案，林徽因画了数百张不同风格的草图。她对笔下的每一朵花、每一片叶都细细描画过几十次、上百次，力求形象逼真，达到最佳效果。

建成后的人民英雄纪念碑小须弥碑座采用的是林徽因和梁思成的设计意见，小须弥碑座四周刻有牡丹、荷花和菊花 3 种花图案组成的 8 个大花环浮雕，与大须弥碑座的 8 幅近代历史浮雕相互照应，把英雄的乐章推向了高潮。

《胜利渡江》三易其稿

1952 年 5 月 10 日，人民英雄纪念碑兴建委员会成立时，王明之为工程处处长。工程处又下设设计、施工、采石、美术工作等 7 个组，其中美工组的任务是负责拟订浮雕题材、设计图面及制作浮雕等工作。

据中央美术学院教授、人民英雄纪念碑美工组副组长彦涵回忆，在纪念碑创作初期，有一批优秀画家，主要是中央美院的教师，参与了纪念碑的浮雕画稿工作。

回想起当时的创作过程，人民英雄纪念碑研究组的王朝闻记忆犹新：

> 当时为了更好地完成这一庄严的政治任务，开渠先生还欣然接受我的建议，约请董希文等诸位已有多年革命历史题材创作经验的画家，参加浮雕的构图设计。

画家们的画稿设计对纪念碑的浮雕创作，起了很大的作用。几位画家的分工是：

《虎门销烟》画稿艾中信，雕刻曾祖韶，助手李祯祥；《太平天国》画稿李宗津，雕刻王炳召；《武昌起义》画稿董希文，雕刻傅天仇；《五四运动》画稿冯法祀，雕刻滑田友；《五卅运动》画稿吴作人，雕刻王临乙；《八一南昌起义》画稿王式廓，雕刻萧传玖；《抗日战争》画稿辛莽，雕刻张松鹤；《胜利渡江》画稿彦涵，雕刻刘开渠。

在人物选配的过程中，每个人都是精挑细选之后才委以重任的。而在创作过程中，这些画家、雕刻家更是激情充沛，严于律己。目前发现比较完整的画稿有《胜利渡江》和《八一南昌起义》。

《八一南昌起义》的画稿由中央美术学院教授、原油画研究班主任王式廓设计。当时，王式廓为了完成这个重大任务，花了很大的力气，在家里画了很多草图，现在王式廓家人手中还保留着他当年画的 6 幅草图。这些画稿都是很珍贵的历史资料，令人遗憾的是除了他们两人的画稿外，其他画家的画稿目前还没有被发现。

《胜利渡江》的作者彦涵在一次回忆中这样说道：

我被委以重任是有背景的。抗战爆发后，19 岁的我考入国立杭州艺专，毅然投奔延安，奔赴抗日前线。

毛泽东有一次看到我的木刻，他赞赏说："刻得好，很有气势。"由于我打过仗，对人民军队有切身感受，郑振铎把我视为美术创作组负责人最合适的人选之一。

刘开渠负责雕刻方面的组织工作，我负责

画稿设计的组织与协调。

据彦涵在晚年的回忆中说，《胜利渡江》曾经三易
其稿：

稿子画了三遍，第一遍画的是战士头戴美
式钢盔冲锋的场景。这虽然真实地反映了渡江
战斗的情形，但考虑到群众对解放军的普遍印
象，于是第二稿（现存连云港市彦涵美术馆）
将战士们改为头戴布军帽，并且突出了指挥员
以及划船民工的形象，后来纪念碑建设时采用
了此稿。

而在创作中我一直唱着《中国人民解放军
军歌》中的"向前，向前，向前"来完成的，
把握了精神实质。

三易其稿充分体现了画家们追求完美的精神。彦涵
的画稿在第二次中已经通过，但为了把画稿修改得更加
完美，于是他在第二稿的基础上又创作了浮雕的第三稿，
第三次设计又增加了一些战士的形象。

但由于第三稿过长，与纪念碑高耸挺拔的设计方案
不相符，因此，最后还是采用了第二稿。

纪念碑浮雕的画稿和雕塑的创作过程中，都经过多
次的修改和加工，其中每一个步骤都蕴含着创作者们的

无数心血与汗水。正如彦涵晚年说过的那句话：

> 人民英雄纪念碑的创作绝对不是哪一个人所为，应当是集体的荣誉。

彦涵的一生充满了坎坷和磨难，但无论怎样，都没有让他放弃艺术追求。"被苦难打倒的人会诅咒苦难，没有被苦难打倒的人，却会在另一种意义上感谢苦难"。这种信念贯穿在彦涵一生的创作中，其作品既有深邃的思想和尖锐的力度，也有浪漫的情怀和饱满的激情。

陕西国画院副院长罗宁说："深厚的艺术功底，扎实的生活体验，两者融合，成就了这位老艺术家的创作，最让人感慨的是，其作品的风格总是在变化中，80多岁时创作的抽象水墨依旧精彩，90岁高龄还在画油画，真是很难得啊。"

毛泽东题字与周恩来手书碑文

　　人民英雄纪念碑的碑文是周恩来手书的，题字则是毛泽东的手书。

　　据梁思成晚年回忆，当初的碑文书写情况是这样的：

　　　考虑到碑文只刻在碑的一面，其另一面拟请主席题"人民英雄永垂不朽"8个大字。后来，彭真又说周恩来写得一手极好的颜字，建议碑文请周恩来手书。

　　在写"人民英雄永垂不朽"8个大字时，毛泽东共写了三幅，并给工作人员带来口信说，要多请专家们提意见，问哪一幅可以用，也可以从这三幅字中选一些可取的字重新编排，如果认为写得不够好，还可重写。

　　市政府领导将毛泽东的手书真迹，交兴建委员会并转交给设计组时，大家欣喜万分，争先恐后一睹领袖真迹。大家都被主席流畅的书法艺术所折服。

　　周恩来为了写好碑文，每天早晨的第一件事就是写一遍碑文。他前后共写了40多遍，最后挑选了自己最满意的一篇。

　　有一天，周恩来来到工地，拿出他写的碑文征求刘开渠的意见。

周恩来诚恳地询问："怎么样，行不行?"

刘开渠感叹地说："从前只看过您的题字，还没有看到您写这么多、这么工整的书法作品。"

周恩来在1917年东渡日本前夕，为同学郭思宁题写了"愿相会于中华腾飞世界时"，落款为："弟翔宇临别预言"。从这题词中可以看出，整幅字的章法前疏后密、错落有致。尤其是启首的"愿"字，比其余的字大一倍以上，这是独具匠心的。此愿既是周恩来的心愿，也是中华民族炎黄子孙的共同心愿。这幅字用笔娴熟，点画挺拔劲健，结构章法疏处可以"走马"，密处不可"容针"，其形俊秀飘逸。看来，周恩来的书法受"二王"、"颜柳"书法的影响颇深。

周恩来的书法从学子书法探索时期、中年的书风形成时期，到此时已是敛放自如、雄俊伟茂，神完气足，可谓浑厚、凝重、严谨、大方而又富于变化。

将碑题和碑文放大成实样

碑文方案确定后，如何按照碑身尺寸放大成实样就被提上了日程。毛泽东的题字原写在信笺上，每个字只有两寸左右，现在要放大到石碑上，以"永"字为例，碑身上是 2.2 米高，原作为 9.5 厘米，即需放大 23 倍多才能符合设计要求。

为此，解长贺他们到幻灯社，又到当时北京摄影技术水平较高的大北照相馆，与技师共同探讨碑文地放大问题。经研究决定，先用幻灯机投影放大，然后按照光影把字描下来。

为了将"人民英雄永垂不朽"8 个字放大在纪念碑的碑心石上，使之坚固耐久，纪念碑兴建委员会经过论证，从贴金、镀金、喷镀、开金等几种金加工工艺中，最终选定使用镏金工艺。

碑文实样解决后，以何种笔法镌刻的问题又摆到了工作者面前。

按照中国传统，有阳文、阴文和其他多种形式。解长贺他们查阅了多种文史资料，并到北海、颐和园等地作了实地考察，最后总结出还是用阴文为佳。

阴文的优点是：容易雕刻，阴文阴影自然形成立体感，同时金字也便于安装。经领导同意，决定采取阴文，

并决定笔道呈"V"形。8个大字都做了足尺模型，为施工创造了有利条件。

1955年9月13日，刘开渠电话记录了上级领导指示，毛泽东的8个大字阴文尖底，周恩来所写的字阴文圆底。

8个大字由军委测绘局一二〇五工厂的周永兴等人放大，工艺美术家邱陵参与了镏金字的放大工作，镏金工作由北京市手工合作社监制合作社下属的第一五金生产合作社于1955年10月开始施工并完成。

由于石碑又硬又脆，字体一刻就崩，负责刻字的书法家魏长青建议把胶皮覆盖在碑体上，将需要錾刻部位的胶皮挖下去，形成"阴文"轮廓，然后用高压喷射矿砂往花岗石上"打"，就这样打出了一个边缘整齐的大字，然后以铜为胎，经过烧银、镏金、以铜钉固定在石槽中，再以水泥灌缝。

整个碑题、碑文共用黄金130两。

纪念碑浮雕的泥塑创作

建立人民英雄纪念碑需要雕塑 170 多个人物浮雕，在制作浮雕的时候，第一步是做泥塑，泥塑做好后再经雕刻人员按照泥塑的形状雕刻在纪念碑上。

参与泥塑工作的大多是中央美术学院留学归来的专家，纪念碑上所有的浮雕和花纹都必须要艺术家们先创作泥塑，然后雕刻组再根据泥塑进行雕刻。

浮雕施工是在天安门广场纪念碑工地南面的工作室中进行的，其位置在毛主席纪念堂北门外。

据参加此工程的李祯祥回忆，工作室坐北朝南，东西约 60 米长，南北约 10 米宽，高约 8 米，大门朝南，北边也有个小门，还建有临时宿舍。

中国现代雕塑史上规模巨大、影响深远的雕塑工程就在这里拉开序幕。雕塑家刘开渠、滑田友、王临乙、萧传玖、张松鹤、曾竹韶、傅天仇等参加了其中的工作。

人民英雄纪念碑的浮雕创作程序受到欧洲学院雕塑的影响，十分规范。浮雕创作的基本步骤如下：

1. 1953 年初根据主题要求和题材，即历史事件，用画稿确定情节组织和人物位置。

2. 1953 年下半年开始根据画稿尺寸做浮雕

泥塑初稿，与绘画构图稿大小相同。确定浮雕上的高低，应有的光暗布置，根据浮雕的压缩需要，在层次及局部的组合动态上作修改。

3. 1955年下半年做泥塑中稿定稿，也就是二分之一定稿，定稿中人物衣纹比较具体，每一次定稿都花了几个月时间。

4. 1956年春天做与石刻浮雕等大的泥塑放大稿，也就是石刻所依据的定稿，在这一阶段仔细刻画人物的形象和思想感情，人物有1.6米至1.7米，基本上与真人等大。

5. 根据放大稿翻石膏稿。

6. 1957年开始根据石膏稿运用点星仪打制石刻浮雕。

由于最初的构图已经送交给中央看过，因此，制作过程中，每定稿之后，不用再递交上去，而是让美工组的同志看一看，没有什么问题也就算通过。

在做浮雕大稿时，动态在构图阶段已经确定，然后再用模特儿对照。而具体到每一个人物的时候，则是先做人体，再穿衣服，人体也需要与模特对照。

做浮雕需要找模特，雕塑家们就去北京寻找。据当年负责挑选模特的王卓予老人回忆：

"人市"位于广安门一带，有农村的人，也

有城市里的人。那时的人工费很低，每天挑一到两个人，多了也用不了。

其间，如果有遇到战争素材的话，就去解放军那里找一些战士来做模特。战士是找来了，可有些士兵好说歹说不同意脱衣服，为了不影响创作进程，只能让他们穿条短裤来做模特。

做雕塑要求很精细，如果要想把人体做完整，头部、手、脚，都需仔细加工。即使衣服也要有模特儿。而所用的道具，像解放军的服装、枪支等，则是借的。

在处理脸部的形象时也要找模特，农民就找农民，解放军就找解放军，模特找全后，最后的形象还要经过艺术家的再创造和综合才得以完成。

四、 解决兴建难题

- 1952 年 8 月 1 日，是中国人民解放军建军 25 周年纪念日，人民英雄纪念碑工程在这一天正式开工。

- 1953 年 4 月 11 日，大批工人开进驻青岛浮山石矿，开始了纪念碑石料的开采工作。

- 彭真市长特别告诫设计人员："这个工程一定要做好，不能出半点差错，宁可多用些材料绝不能发生安全问题。"

浇灌纪念碑主体结构

1952年8月1日，是建军25周年纪念日，人民英雄纪念碑工程在这一天正式开工。

在开凿地基前先钻探地层，打了17个钻眼，做承重试验4处，基础混凝土在地平面以下3米，距地下水面尚有60厘米，无须打桩。

基础钢筋混凝土按重量比进行配合，分层连续筑打，用气压振捣器振捣，于11月13日完成，养护保温在1个月以上。

人民英雄纪念碑的碑身结构是钢筋混凝土空筒，成为碑身主要受力的内胎，外砌的花岗岩石块用镀锌的铁钉铆固，并用水泥灌浆浇铸成整体。

碑体上层及月台下内部，可从几处活动的地平面盖板下去，并有铁爬梯直达碑顶，以便维修。

碑身坐落在30米见方的独立扩展的钢筋混凝土平基中央，为一次浇铸而成。

为了使工程主要负荷施加后，结构的重力变形尽早完成，尽量减少外砌石料结构受重力变形的影响。

建设者严格按照先中央、后四周的安装程序，使工程保持了长期的变形稳定。

工程事务处的结构设计组由北京市各有关单位临时

抽调。

由北京市建筑设计院的沈参璜主持，成员有沈兆鹏、叶于政等人。

由于中央要求早日完工，主持工程的领导初步商定了如下工程结构样式：

第一，台基部分先按做陈列室的设计，以后如有变更再作修改；

第二，下层平台不做检阅台使用，因已有天安门做检阅台；

第三，碑身内部做成空筒，顶部不开瞭望窗以维持碑的庄严肃穆，但在筒壁安装铁爬梯，以便日后更换碑顶造型及查看筒内构造；

第四，碑顶造型设计可以推迟一些，进一步在工地制作三个不同类型的足尺模型，继续征求各方意见。

人民英雄纪念碑的内部为钢筋混凝土矩形筒体，碑体的各花岗石块用铁锭榫连成整体，同时与筒体的预埋钢筋用细石混凝土浇灌为一体，这样增加了碑体的整体性。

碑顶石下面的筒壁留有细长的缝隙，以利通风。碑顶石块间的缝隙以金属条覆盖，以防长草而显得不严肃。

在全部陈列室的钢筋混凝土结构即将完成时，对台基部分应做成实体的意见又占了上风，最后决定放弃陈列室。

此时陈列室主体结构已浇灌完毕，为加宽二层平台，只得将陈列室四周顶板适当外挑，花岗石即铺在陈列室的顶板上，并在碑身四边的平台区各留一个进入孔，便于日后入内检查，这就是纪念碑最后的结构式样。

采集碑心石并运抵北京

建立人民英雄纪念碑需要使用大量坚固的花岗岩和汉白玉，为此，碑建委专门成立了采石小组，专门负责石料采集工作。

在决定采用何种石料时，采石小组颇费了一番周折。

最初认为汉白玉颜色太白，因此，考虑采用北京昌平所产的黄色花岗岩。但是经矿产勘探局专家论证，黄色花岗岩多年后会变黑，所以纪念碑兴建委员会建筑专门委员会决定，选用青岛浮山所产的紫百合色花岗岩作为碑身用料，以山东泰山所产的青灰色花岗岩，铺设纪念碑周围地面，甬道为昌平微黄花岗石。而纪念碑碑心所用的大石料采自青岛浮山。

1952 年纪念碑兴建委员会在青岛黄台支路 1 号设立了办事处，负责采石与运输事宜。直到 1955 年 12 月完成采石任务后，石料供应组撤销。

在纪念碑所有的石料中，最值得一提的是一块整石料的碑心石，称得上是中国建筑史上少有的完整花岗石，而采运工作更是让人叫绝。

1953 年初，人民英雄纪念碑兴建委员会开始从全国寻找适合建纪念碑碑心的石料，最后确定采用青岛浮山所产的紫百合色花岗岩作为碑身用料。碑心设计为整块大石料，并委托青岛建筑公司负责开采。

4月11日，大批工人开进驻青岛浮山石矿，开始了纪念碑石料的开采工作。

通过几个月的努力，碑心石终于开采完毕。刚开采出来时石坯长14.4米，宽2.72米，厚3米，重达320吨以上。

石料在浮山就地进行初加工后仍有280余吨。该用什么样的方法让巨石下山，如何运送回京，这无疑又是一个难题。

纪念碑工程处施工组组长陈志德工程师、石料组组长车润泽工程师，负责此次运输任务。

经过分析研究，最后采用了在山坡上铺设滑轨，用钢缆捆住石料，由山顶徐徐放下的方法把石料运送下山。

由鞍钢调用的起重技工和工具早已等在山下，可是面对如此重量的巨石起重机也无法吊运，尽管距火车站不远，可如何前行却又是一道难题。

就在这时，一位鞍山老起重工张合符，凭借多年经验提出可以采用滚木及推土机一步步牵引滚移的古老办法，终于解决了搬运难题。

青岛石料场原场长王文建在晚年的回忆中写道：

> 找一块好石料其实不难，但石料采集好以后，如何运送如此重的石料确实是个难题。对石料进行第一次加工整形，确保石头内部没有

缝隙后，准备运往青岛车站。

运送的速度很慢，一天行驶不到 1 公里。短短的 30 公里，一共用了 20 多天才到青岛火车站。

碑心石于 8 月 9 日从矿场起运，9 月 27 日到达青岛车站。

10 月 7 日装完发车，由于鞍钢的大力支援，调用了起重技工和工具，并由青岛市各单位组成大料搬运委员会，多方协助。

由于中央铁道部没有 60 吨以上的车皮，于是就从燃料工业部东北电业管理局，借用了 1952 年才由沈阳皇姑屯铁路工厂制造的 90 吨平车一辆，一路上加固桥梁，克服各种困难，途中得到铁道部的大力支援。

10 月 13 日到达首都前门站。然后，通过在路上用钢管交替铺垫、滚动运输的方式，于 10 月 16 日从前门站运输到广场纪念碑工地。

石工按照泥塑形象进行雕刻

1952 年初，纪念碑兴建委员会在全国招募雕刻技术精湛的人员，参与纪念碑的建造。

当时在上海工作的顾士元被单位推荐给了纪念碑兴建委员会。有单位的推荐，并不一定能参与纪念碑雕刻工作，还要经过考试，确保雕刻技术精湛才行。

负责此项工作的领导拿了一块样品让大家去做，两个星期后，如果完成的作品被认为是合格的，就可以留下来参与纪念碑雕刻工作。

经过严格考核，近三分之一的人被淘汰了，留下来的有 100 多人。

据 1952 年 10 月，纪念碑办事处贾国卿递上的一份报告显示，工地上拟保留长期工人 104 人，其中有木工 12人、瓦工 5 人、铁工 7 人、架子工 10 人、石工 30 人。

然而，工程开始后，工地石工上仅有曲阳来的 3 名匠人，针对这种情况，碑委会先后从苏州和曲阳调入石工 20 余人。

1953 年初，曲阳石工先后来到工地，主要负责纪念碑浮雕的雕刻工作。而苏州石工则来得较晚，主要负责纪念碑装饰花纹的雕刻。

石工在工作过程中，都有明确的分工，每一块浮雕都由一个技艺较高的石工负责，再配备若干石工助手。

负责纪念碑浮雕艺人的名单如下：

石雕组组长刘润芳，副组长王二生，成员有冉景文、刘印惠、刘印登、高生云、高玉彦、刘典杰、刘秉杰、刘庆生、刘纪银、刘兰星、曹邦玉、刘银奇、杨志泉、曹风丙、曹学静、刘志丰、王胜法、刘作中、刘作美、杨志清、刘艺民、王胜杰、刘进声、杨志卿、杨志金、刘志杰。

这批石工中，冉景文、刘润芳、王二生等人石刻技术最高。其中冉景文善刻佛像，刘润芳后来到中央美院雕塑系进修，提高了学院写实雕塑艺术的修养，成为北京建筑艺术雕刻工厂的高级工艺美术师，并参加了毛主席纪念堂的汉白玉毛泽东像雕刻。

这批石工由于长期从事中国民间雕刻，因此对传统石刻工艺有很高的技艺，他们有着自己惯用的一套石刻方法。但他们对从西洋引入的西方雕刻技术却知之甚少，甚至几乎没有人见过用于放大雕刻的点星仪。

据《新观察》杂志记者张祖道回忆，他在工地看到了许多石工们练习刻的佛像与马等，相当精美。但梁思成对他说：

> 要把石工们训练成比较统一的风格，如果各人风格不同，对纪念碑浮雕的刻制就不好了。

在刘开渠的领导下，1953 年 4 月至 1954 年 3 月美工组对石工进行训练，使得这些工匠在实践中成长为新中国第一代兼通东西方石刻技艺的优秀石雕工作者。

在训练其间，参与纪念碑工作的雕塑家们先拿出自己的雕塑作品，让石工作为练习对象进行临摹。

这些作品先后有刘开渠的《毛主席半身像》、萧传玖的《朱总司令像》、沈海驹的《毛主席半身像》，王炳召的《老头半身像》，谷浩的《工人半身像》，刘士裕的《农民半身像》。

其中滑田友的《工厂努力生产，建设光辉的新中国》由 12 个石工参与，刻制了 4 个月。王临乙的《民族大团结》也是由 12 个石工参加练习，从 1953 年 11 月起至 1954 年 3 月底，用去 5 个月。

由于纪念碑浮雕所采用的汉白玉开采于北京房山，完整的大料不易取得，为了确保不出现石料的损毁，美工组在人像练习的基础上，指导石工再进一步试刻纪念碑浮雕人物，如刘开渠的《妇女头像》、滑田友的《五四运动青年头像》。

1955 年后，雕刻组的 100 多名成员正式依照第一次创作的泥塑形象进行雕刻。

正是在这一年多的石刻练习中，石工们熟悉了运用点星仪放大雕刻的技术，掌握了从粗刻到细雕的方法，有力地保证了纪念碑浮雕石的完成。

比较完成后的石刻浮雕与泥塑稿，可以看到，纪念碑浮雕基本保留了泥塑稿的精华，虽然失去了一些细节的生动，但成为概括整体。

1958 年人民英雄纪念碑落成后，刘开渠将这些石工留在北京建筑艺术雕刻工厂，继续为北京的古代建筑修复和城市雕塑作贡献。

在人民英雄纪念碑的建造过程中，有这样一批默默无闻的工匠，他们在施工期间，披星戴月地奋战在工地的第一线。他们的故事尽管很少被人提起，可是，对纪念碑的建设他们起到了十分重要的作用。

讨论解决纪念碑朝向问题

按照中国的传统，人民英雄纪念碑的正向即毛泽东题写的"人民英雄永垂不朽"8 个大字，应该设计在南面。但在施工的过程中有人提出，人们从东西长安街进入广场应面对纪念碑正面，建议正面应朝北。把群众意见收集后，报请周恩来。周恩来经过认真地思索后确定，北面为纪念碑正面。

这样，纪念碑就旋转了 180 度，施工过程中"人民英雄永垂不朽"8 个金光闪闪的大字也被镶嵌在了纪念碑的北面。

其实关于纪念碑的朝向问题早在此前已经开始讨论了。

1953 年 9 月 26 日至 10 月 30 日，人民英雄纪念碑兴建委员会举行了碑形资料展览会，建筑工程学会的代表们参观之后在座谈会上提出建议。

碑的正面一定朝南，但北面亦可作正面，毛泽东的题字，南北都有，政协通过的碑文刻在东西两侧，否则毛泽东在天安门检阅，看到碑的背部，不太好。

这是比较早地考虑将毛泽东题写的 8 个大字放在北面，将北面也作为主面的一个建议，但提出将碑文置于碑的东西两侧，是与"将碑文置于中轴线上"的设计要求相连的。

现在我们看到的人民英雄纪念碑的主面朝北，背面朝南，正好和传统的宫殿建筑和传统石碑的朝向相反。

有人可能会这么认为，这种布局正是中国共产党扭转乾坤、人民当家做主的体现。

据当年参与纪念碑创作的雕塑家李祯祥回忆：

> 原来设计是正面朝南，已经施工了，有一年国庆检阅，毛泽东在天安门上说："干吗庙门都朝南？"当时大石头都已打好，要往上吊装，就改为朝北。

1953 年 11 月至 1954 年 8 月期间，人民英雄纪念碑的建筑设计在施工期间仍然征求社会各界的意见，并再次做了修改设计。

这个时候设计图纸上的方案仍然将南立面目标为正立面，将北立面目标为背立面。

在 1954 年 9 月以前，人民英雄纪念碑的设计朝向，仍然是将南立面确定为正立面。

而根据兴建委员会汇报的工程进展情况，此时"碑座部分石料安装，碑身及碑心石料的加工及部分安装均已接近完成"。拟在 1954 年 10 月底将正面碑心石安装完毕。

1954 年 10 月 1 日毛泽东在天安门城楼上检阅时，不可能不关注到对面正在施工的人民英雄纪念碑工地，毛泽东询问纪念碑施工情况并发表对纪念碑朝向改变的意见是十分可能的。

也许最为确定的材料是梁思成的回忆文章。1954 年11 月 6 日，梁思成出席了彭真主持的北京市政府的会议。在这个会上，彭真指示碑顶采用"建筑顶"，并确定了浮雕主题。关于毛泽东的题字，梁思成的记载十分明确"八个大字向北"。

1954 年 11 月 26 日，根据北京市政府第十六次会议所提的意见，首都人民英雄纪念碑兴建委员会拟将纪念碑正面碑心石由南移向北面，在 20 天内施工，并提出移动碑心大石料的工程方案。

在另一份报告中，兴建委员会提出为抓紧工期，拟于冬季继续施工，并拟于 1955 年 2 月底前安装好大碑心石。有关人民英雄纪念碑的朝向调整，据说是周恩来决定的。关于碑的朝向问题，最初设计根据传统布局，以朝南方向作为主要立面。

在建造过程中，周恩来考虑到广场扩建以后，会有更多的人群从城市主要街道，东西长安街进入广场，并集中在广场北部，能从北面看到毛泽东主席的题字为好。

因此，一反传统的格局，以朝北一面作为主要立面。这种面向，对广场后来的扩建，特别是对确定毛泽东纪念堂的面向问题，起了决定性作用。

对工程事项进行技术鉴定

人民英雄纪念碑的建造是新中国成立后第一项最大的纪念性工程。在设计过程中，突出的特点是尊重科学。重要工程事项，往往是先行试验，多请专家咨询，每一阶段工程完成后，组织鉴定。例如在纪念碑碑心大石料安装前要进行承重试验和模型操作实验；纪念碑防雷设计由北京电业局函送前苏联专家提出意见。重大问题往往向上级领导请示，由领导决定。

在前期的结构设计中彭真市长特别告诫设计人员：

> 这个工程一定要做好，不能出半点差错，宁可多用些材料绝不能发生安全问题。如多用些材制也不要你们检查浪费问题。

此时正是"三反、五反"运动之后，这样的指示可见对纪念碑的高度重视，人民英雄纪念碑建造过程中的科学与严谨体现了对国家和人民的高度负责。

一个是预防地震。纪念碑是一座高大的垂直建筑，防震成为必须考虑的问题。

为此，纪念碑兴建委员会向中国科学院地球物理研究所北京工作站咨询，了解了北京地区自公元512年以来的地震情况。

北京工作站函复：

北京市区之内只有受外来影响的轻微地震，不到破坏烈度，建筑只从一般坚固上设计，可无需特别加强，以防护地震。

据此，设计人员在结构设计时对若干结构部分做了一定的加强，以防地震的影响，同时也考虑到经济问题，没有无原则地加大构件尺寸、浪费材料。唐山大地震之后，北京地区的一些建筑物倒塌，但是纪念碑仍巍然屹立，证实了它良好的抗震能力。

二是预防风化。为了保证人民英雄纪念碑能够在北京地区的自然条件下千秋永存，在工程施工早期，纪念碑兴建委员会就注意到纪念碑所用石材的永久性问题。

1955 年 5 月底，设计处、工程处与科学家、化学家举行了座谈会，讨论纪念碑所用石料的岩石成分和防止风化问题。1957 年 2 月，纪念碑兴建委员会为防止浮雕石质风化，派出美工组青年雕塑家夏肖敏、王万景，前去东北向沈阳化工研究院洽购化学材料，并在中国科学院化学研究所专家的指导下，做了样品试验。

三是坚持设计原则。纪念碑建造中的科学性还体现在对建筑设计原则的坚持，对某些领导未从实际出发的意见不盲从，不随意修改工程设计。

这方面最有代表性的例子是 1954 年国庆节后，有的中央首长认为正在建设中的纪念碑的碑身细瘦而高，建议"加肥""缩短"。对此，刘开渠处长组织了各组负责人开会加以研究。因为纪念碑尚未完工，碑体在夜间因没有灯光而显得细瘦，如果此时将混凝土碑筒加以缩短，可能会带来工程上的很多问题。最后决定，维持原方案不动。

　　这一决定在 12 月 13 日以报告的形式交彭真市长。

　　12 月 14 日，彭真批复同意，避免了纪念碑建设中的随意性。

人民英雄纪念碑落成揭幕

人民英雄纪念碑从 1949 年 9 月 30 日奠基，1952 年 8 月 1 日开始动工兴建到 1958 年 5 月 1 日揭幕落成，历经了将近 9 年的设计施工时间。

建成后的纪念碑和天安门相对，碑身由大小不等的 413 块花岗石组成。

碑基占广场地面 3000 多平方米，碑高达 37.94 米，为我国自古以来最大的一座纪念碑。

碑的形式既有民族风格又有新时代特征。

碑心石重 60 吨。

碑身正面最醒目的部位装着一块高 14.4 米、宽 2.72 米的巨大花岗石，上面镌刻着毛泽东题的 8 个镏金大字。

碑身另一面用每块 2.4 米高、4.62 米宽的 7 块大石组成，镶着周恩来书写的碑文。

纪念碑的台基分两层，上层长、宽各 32 米，下层台基东西长 61.54 米，南北长 50.4 米。两层台基四周都有宽敞的台阶和汉白玉护栏。碑身台座四面镶嵌 8 块巨大汉白玉浮雕，浮雕高 2 米，总长 406.8 米。

用肉眼观察，从下向上数，在第 13 层碑石处碑身开始有收分，使碑形更显挺拔。

纪念碑上的浮雕作为建筑的装饰，不仅与整体建筑

浑然一体，而且因其题材表现了近代史中重大的事件，作品又表现了重大历史事件中的典型场景和典型形象，所以这一组浮雕亦具有独立的欣赏价值。

浮雕刻画十分精细，发挥了浮雕艺术的特殊魅力，于相对的平整中表现了立体的深度。

在艺术形式上，既有相对统一的风格，又发挥了各位雕塑家的长处，从而形成和谐的整体风格。

《新中国美术史（1949—2000）》称：

> 作者绝大部分是从欧洲留学回来的雕塑家，所以整体风格上也是以西方雕刻艺术手段为主要造型方式，尽管有些艺术家已作了一些民族化的探求，主要是在衣纹等方面的处理上具有一些民族特色。

《新中国美术图史（1949—1966）》认为：

> 人民英雄纪念碑是新中国美术史中雕塑的开篇大作，是时代的精品，也是时代的经典。

人民英雄纪念碑的全部建筑，加上地下30米见方的钢筋混凝土基础在内，总重约1万吨。

1958年4月22日，从建碑开始就在这里艰苦劳动的雕刻工人们，在10块大浮雕上面做完了最后一遍修饰。

负责领导纪念碑美术设计的雕刻家刘开渠和纪念碑工地负责人贾国卿，仔细地检查了每块浮雕、栏杆等工程的质量。

纪念碑第一项工程的质量都完全符合要求。

每一块浮雕都很细洁光滑，没有什么细微的损伤。用花岗石铺成的月台地面和台阶，像玻璃板一样平整。

在人民英雄纪念碑的整个兴建过程中，没有发生过一件工伤事故和刻坏过一块汉白玉。

新中国建立初期，在十分艰苦的条件下，经过参加纪念碑工程建设的建筑师、艺术家、工程师和许许多多民众的忘我劳动，克服了一个又一个困难，在天安门广场上建起了一座不朽的丰碑。

开国大典举行于人民英雄纪念碑奠基之后，这是亿万民众的意愿，也充分体现了共和国开国领袖群体卓越的政治智慧。

可以说，1949 年 10 月 1 日，参加开国大典的不仅有欢呼跳跃的数十万群众，还有无数革命先烈的英灵。人民英雄纪念碑可以称之为中华人民共和国成立后最具有代表性的大型公共艺术工程。它的完成，体现了三个重要特点，即人民性、民族性、整体性。

首先是人民性。

早在 1949 年 10 月 8 日，滑田友在一封回复北京市建设局关于征求纪念碑设计意见的信中，就提出了 4 个纪念碑设计时的原则条件：

> 一要人民一望就懂；二要适合场所需要；
> 三要具有共通性；四要人民在集会时可以看见。

这可以说是非常具有前瞻性的理念。

1950 年 6 月 10 日，在北京市计划委员会举行的纪念碑设计讨论会上，就明确提出碑形设计的原则之一，即在人民解放战争的胜利基础上，纪念为国牺牲的人民英雄们，纪念碑的象征物要为人民大众所接受，要以简单明了为原则。

参与人民英雄纪念碑浮雕创作的雕塑家傅天仇认为人民英雄纪念碑有"三绝"：

> 一是作为国家级的纪念碑在开国大典前举行奠基典礼，实属罕见；二是纪念碑浮雕在完成原二分之一定稿时停工 3 天，组织 10 万人观摩提意见，然后集中意见加以修改，这是世界首创；三是纪念碑落成初期，前往参观瞻仰的群众每天多达 10 万人次，这也是世界少有的。

傅天仇将此归结为"人民英雄纪念碑最显著的特征就是人民性"。

这一点与滑田友在 1949 年纪念碑筹建之前所考虑的 4 个原则是一致的。

人民英雄纪念碑自 1958 年建成后，前来瞻仰的全国人民与世界友人应以数千万人计，这充分体现了现代城市公共空间中的公共艺术所具有的广泛的群众性，它对于一代代人的价值观和人文精神的影响，必将是无可估量的。

在纪念碑浮雕设计的过程中，也曾有过描绘革命领袖人物和历史上重要人物的构思，但最终决定以人民英雄为浮雕主体，这和中国共产党 1949 年在中国革命胜利后所保持的谦虚谨慎、戒骄戒躁，反对突出个人的思想路线是密切相关的。

有个故事可以说明这个问题。

1950 年 5 月 20 日，沈阳各界人民代表会议为纪念中华人民共和国成立，决定在中心区修建开国纪念塔，墙上铸毛泽东铜像，沈阳市人民政府为此致函中央新闻摄影局，请来代摄毛泽东全身 8 英寸站像 4 幅。

毛泽东在来函中就"修建开国纪念塔"旁批写"它是可以的"；在"铸毛泽东铜像"旁批写"只有讽刺意义"。

毛泽东一生都提倡"人民创造历史"，反对个人崇拜。这一思想也影响到人民英雄纪念碑浮雕的设计与创作。

在最初确定的纪念碑浮雕方案中，有关《虎门销烟》《金田起义》两幅作品的浮雕小稿设计中有林则徐与洪秀全的形象，在未被采用的《二七大罢工》浮雕草图中最初也有林祥谦的形象，在后来的设计中，这些构思得到修改，突出了人民群众的形象，真正使人民成为历史的主体。

其次是民族性。

人民英雄纪念碑的另一个重要特点是它的民族性，也是为了要使人民能够喜闻乐见，要采取人民熟悉的民族形式。

在北京市计划委员会举行的人民英雄纪念碑设计讨论会上，曾明确提出一切属纪念碑及其附属设计都要采取人民所熟悉的中国民族形式。

此外，纪念碑大量使用了花岗岩与汉白玉，这也具有独特的文化意义。

岩石与永久，玉器与崇高，文字与历史，这些不仅在中国文化，而且在世界文化中也都具有重要的文化价值意义。人民英雄纪念碑的修建与故宫建筑群遥相呼应，在浮雕用材月台和栏杆用材上，大量使用了汉白玉。正是中国悠久的玉石文化与文字的运用。

毫无疑问，人民英雄纪念碑建设过程中，大量使用北京房山地区的汉白玉，首先是因为取材的方便、材质的优秀、玉石的永久性，其次是为了与故宫建筑群取得历史文脉的联系，更重要的是汉白玉所体现出的革命先烈那种纯洁坚定的革命信念。在这里玉石材料的选择与使用具有深远的文化意义。

第三是整体性。

作为一个大型的公共艺术项目，人民英雄纪念碑具有高度的艺术完整性。

人民英雄纪念碑从构想到设计施工，是集思广益的民族智慧的产物；人民英雄纪念碑的建设从设计规划阶段起，就与中国的文化传统、与北京的历史文脉、与天安门广场的地理环境取得了最为和谐的统一与联系，使它成为新中国最重要的政治文化中心的标志性建筑；人民英雄纪念碑的建筑设计、浮雕创作与工程施工在"突出碑文"这一明确的主题思想指导下，互相协调，互相呼应，取得了政治内容的表达与艺术形式创新的完美统一，纪念碑审美功能与实用功能的统一，充分体现出纪念碑作为综合性公共艺术的整体性魅力。纪念碑浮雕的创作，也是在整体性原则的指导下进行的。

五、 浮雕铭记英名

● 《虎门销烟》创作者曾竹韶说："高兴的是我能够有机会参加有伟大意义的浮雕创作工作，忧虑的是自己的革命经历浅了，创作经验也很不够。"

● 在滑田友的纪念碑浮雕《五四运动》中，我们可以看到，学生们个个怒容满面，有的演讲，有的发传单，有的大声呼喊。

● 在一幅幅扣人心弦的浮雕面前，人们自然会联想到无数革命先烈为了今天的幸福生活，抛头颅，洒热血；联想到无数革命先烈面对敌人的屠刀毫不畏惧地和敌人进行了不屈不挠的斗争。

曾竹韶与《虎门销烟》

1950 年，艾青给他在重庆的朋友写信说：

> 天安门广场要建一座大型的纪念碑，按照
> 建筑师梁思成的设计，碑座需要 10 多块浮雕，
> 现在杭州的雕塑家刘开渠，就要到北京来负责
> 这个工作了，机会很难得，希望你也能来。

艾青的这个朋友，就是雕塑家曾竹韶。他接到艾青
的信，很快就赶到北京，纪念碑第一块浮雕《虎门销烟》
就是他的作品。

1919 年，11 岁的曾竹韶，随父母从福建厦门同安县
迁到了缅甸。他的父亲在那里做粮食生意。

那时，中国的新文化运动已经影响到了缅甸。受进
步书刊的影响，曾竹韶决定回国。

1928 年初，曾竹韶回国报考刚刚建校的杭州国立艺
术专科学校。后来他在那儿学习了一年多的绘画和雕塑。

那时，刚从欧洲留学回来的一位教员经常提到他在
欧洲学习雕塑的经历，渐渐地，曾竹韶便产生了出国留
学的念头。

1931 年底，曾竹韶考入巴黎国立艺术学院，在雕塑

家布夏的工作室学习雕塑。曾竹韶是 1929 年秋天到法国的，那正是中国留学生在法国最多的时期。学习艺术的中国留学生大部分都集中在巴黎。

1932 年 12 月 24 日，曾竹韶、刘开渠、常书鸿、王临乙、滑田友、吕斯百等共 23 人在巴黎成立了中国留法巴黎艺术学会。曾竹韶还结识了冼星海、艾青。在思想上，艾青和冼星海对曾竹韶影响最深。

1952 年 8 月 1 日，纪念碑在奠基 35 个月以后，正式动工建设。就在这一年年底，当时是雕塑系教授的曾竹韶被选派到了纪念碑雕塑组，这一年他 44 岁。

这时，曾竹韶做雕塑已经有 24 年，但是过去的作品都是单独的肖像，从来没有创作过公众雕塑，现在能够在天安门广场中心，这样重要的纪念性建筑上留下自己的作品，对曾竹韶来说非常有吸引力。

1960 年，他在《人民英雄纪念碑创作经过》这篇文章中描述自己当时的心情：

> 高兴的是我能够有机会参加有伟大意义的浮雕创作工作，忧虑的是自己的革命经历浅了，创作经验也很不够。

在 1949 年以前，中国许多重要的雕塑都是请国外的雕塑家来做。坐落在南京中山陵的孙中山雕像，就是巴黎国立美术学院的院长、雕塑家伦多斯基的作品。但这一次人民英雄纪念碑的大型浮雕，中国人要依靠自己的力量来完成。

曾竹韶来到纪念碑雕塑组的时候，才发现浮雕的内容还没有确定。在当时，对于曾竹韶这样没有革命经验的雕塑家来说，他们真不知道该怎样表现中国革命峥嵘的历史。

这时，纪念碑筹委会开始组织学习中国革命史，雕塑家们跟着范文澜学了两个多月的中国革命史。到1953年年初，浮雕的8个主题基本确定了下来。纪念碑第一块浮雕《虎门销烟》的创作任务指派给了曾竹韶。

当时，除了一些简单的构图外，浮雕整体设计还没有办法做。从1949年10月开始到1953年，纪念碑征集到了180多份方案，大致可分为三种类型，即平铺在地面的，用巨型雕像表现革命气概的，碑形的或塔形的。

直到几个月后的1953年春天，纪念碑的形状基本确定以后，曾竹韶开始了《虎门销烟》的创作。

要反映《虎门销烟》的历史场景，浮雕一定要再现真实的历史人物和情境。而中国传统雕塑这种写意的表现方法是做不到这一点的。曾竹韶在参考了欧洲文艺复兴时期的许多作品后，准备用欧洲雕塑写实的方法来表现《虎门销烟》的主题。

《虎门销烟》的画面表现的是1839年6月3日，在广州附近的虎门海滩，中国人民烧毁大量鸦片的情景。

鸦片又叫大烟，烟里含有麻醉毒素，长期吸鸦片的

人骨瘦如柴，非常虚弱，最后变得什么活也不能干。

中国原来并没有鸦片，英国商人从他们的殖民地把鸦片源源不断地运进中国，换走了大量的白银、茶叶和生丝。一年又一年，数不清的白银流到了英国老板的口袋里，数不清的中国人变成了病夫，甚至连清朝宫殿的太监们也长期吸食鸦片。清朝政府腐败无能，束手无策。

这种情况引起了许多爱国者的忧虑，其中最著名的代表人物就是林则徐。他禀报当朝皇帝道："再不禁烟，十几年以后，中国就没有能抗敌的兵，也拿不出可以养兵的军费了。"

他的话使皇帝感到了危机，同意了他的建议，派他到广州，去查禁鸦片。

林则徐用坚决而强硬的手段，逼迫外国的商人缴出了两万多箱鸦片，集中到虎门海滩上全部销毁。

从浮雕上可以看到，那些烧鸦片的群众，既义愤填膺，又兴高采烈。背景衬托着炮台和千万只待发的战船。

浮雕人物虽然不多，但是刻画得形象生动，而且造型结实。在比例上，对前后的动态关系把握得很准确，体面关系很清楚。

曾竹韶将人物分为三组，通过弯腰撬箱子的士兵联结起来，以扁担的直线形成构图的三角钱，整个画面人物疏密有致、俯仰自如，具有很强的节奏感，人物在沉稳的动态中透出坚毅的气质。

雕塑家钱绍武在概括曾竹韶的艺术特点时指出，他的艺术风格是含蓄和内在，劲气内敛，入木三分，不事浮夸，简朴平实。这一评价是中肯而传神的。

　　曾竹韶因对社会历史有着深入的了解和受传统文化的长期熏染，对传统艺术持有深厚的文化认同感，加之国学底子较好，又能学贯中西，意识到雕塑传统之雄浑博大。于是，弘扬传统、成就有民族特色的中国雕塑事业，就成了这一代人梦寐以求的使命。这使曾竹韶成为以自觉型为基本表现形式的诸多中国雕塑界前辈中的一员。

王临乙与《五卅运动》

王临乙，男，号黎然，1908 年生于上海市。自幼爱好美术，学习刻苦，为了从事雕塑创作打下坚实基础。他是我国当代艺术造诣很高的老一辈著名美术教育家、优秀雕塑家，是艺术大师徐悲鸿的得意门生。

1935 年，王临乙以非常出色的成绩从巴黎国立高等美术学校毕业。抗日战争期间，王临乙曾任教育部美术教育委员会委员，之后在国立艺专任雕塑系教授。在极其艰苦的情况下，他还抓紧时间进行艺术创作，成为中国现代雕塑事业的拓荒者。

1949 年 8 月，王临乙受徐悲鸿的邀请，前往北平艺专，即中央美术学院前身，任雕塑系主任兼总务长。在这里，他迎来了新中国的诞生。他在精心教学和管理好总务工作的同时，还满怀激情地创作了浮雕《民族大团结》，圆雕《志愿军》，为民族宫创作了《东北地区少数民族》浮雕。

这期间，王临乙为天安门人民英雄纪念碑创作了《五卅运动》浮雕，这是王临乙艺术生涯中的最重要代表作之一。

王临乙在上海目睹了发生于 1925 年 5 月 30 日的一万多工人抗议帝国主义枪杀中共党员工人顾正红的爱国运

动。中国人民面对帝国主义的血腥暴行所表现出的不屈不挠的斗争精神深深地打动了他。

在经过反复思考后，王临乙在浮雕创作中采用了整体统一的造型，他将人物的鲜明影像置于一个连续性的运动过程中。从多位当年参加浮雕创作的青年雕塑家回忆来看，《五卅运动》的画稿构图主要是由王临乙完成的。

在《五卅运动》这幅浮雕里出现的，是工人阶级在"五卅"运动中游行示威的情景。

1925年2月，为了反对日本资本家无理开除工人，上海的22家日本纱厂的4万工人在党的领导下举行罢工。罢工坚持了一个多月，日本资本家被迫答应了工人的一些要求。但是没过多久，他们翻脸不认账，又任意开除工人。

5月15日愤怒的工人群众在共产党员顾正红的带领下，推倒日本工厂的铁门，冲了进去，向日本资本家要工资。资本家出动打手，把许多工人打伤，将顾正红杀害。

帝国主义的暴行使整个上海沸腾了，斗争的规模越来越大。

5月30日这天，上海工人、学生、市民联合举行反帝大示威，英国人用机关枪向群众扫射，当场打死打伤几十人，制造了震惊世界的"五卅惨案"。

在纪念碑的8块浮雕中，只有他的《五卅运动》没有将人物分成若干组，而是吸收借鉴了北魏浮雕《帝后礼佛阁》的构图方式，在平行的构图中达到一个连绵不断的横向运动的效果，使观众感觉到行进中的工人队伍向画面外无尽延伸，充分表现了工人阶级团结的力量。

为了增加浮雕画面的厚重感，他增加了人物的前后层次，将人物以不同的方式组合起来，形成纵深的层次。不仅细致刻画了人物的阶级身份，也表现了人物的精神与个性。雕塑家刘士铭认为，欣赏《五卅运动》的一个要点是：

> 王临乙先生的《五卅运动》，动作里有节奏感，有一条线，在静止的形态上有动感。

王临乙的《五卅运动》显示出了中国传统雕塑与西洋雕塑的完美融合。

王炳召与《金田起义》

王炳召，字景秋，中华人民共和国成立后常常署名王丙召，取"响应祖国召唤"之意。1913年4月21日出生于今山东省青州市何官镇张高村一户农民家庭，自幼酷爱美术。1935年，他以优异成绩考入苏州美术专科学校学习绘画。他曾默默发誓："终生献身雕塑艺术，定为后人争气。"

1944年8月，王炳召到著名雕塑家刘开渠门下，在刘开渠工作室当助手。他趁此良机，边学习，边实践，边创作，在雕塑艺术上有了飞跃。

1945年，他在赴四川峨眉山参观考察时，结识了郭沫若。由于两人情投意合，王炳召为郭老雕了一尊塑像。这尊塑像深得郭沫若偏爱，一直小心翼翼地保留在身边。

著名画家徐悲鸿，十分赏识王炳召的出众才华。中华人民共和国成立后，徐先生在筹建中央美术学院招揽教员时，马上考虑到王炳召。从此，王炳召成了中央美术学院雕塑系的"少壮派"教师。刚满40岁的他，首批被晋升为教授。

1951年，第一届全国英雄模范代表大会在北京召开，中央美术学院派出了以徐悲鸿院长为首的10位画家、雕塑家列席大会，王炳召就是其中之一。

中华人民共和国成立后，中共中央和中央人民政府接受全国政协的建议，决定在天安门广场建立人民英雄纪念碑。王炳召是入选创作纪念碑碑座大型汉白玉浮雕的8位作者之一，负责第二幅浮雕《金田起义》。

能够承担一项全国亿万人民和国际上都瞩目的巨型雕像的创作重任，是一位雕塑家梦寐以求的事。多年的夙愿终于实现，王炳召心中激动不已。就他个人来说，这算得上是一生最珍贵、最难忘、最辉煌的时期。

接受任务后，王炳召满怀豪情壮志，亲往广西桂平县金田一带山区，进行徒步实地考察，收集革命史料。在近一个月的日日夜夜里，他对每桩革命事迹的特征、细节和当时太平军战士的服装、枪械、用具，都进行认真的、一丝不苟的研究和探索。

他还在金田一带的几个村庄连续召开座谈会，访问知情老人，以提高对这一重大历史事件意义的认识。

金田之行归来后，王炳召又精心构思、设计，反复拟订蓝图，制作出一幅幅泥塑初稿。在广泛征求有关领导、专家学者和群众代表意见的基础上，他终于确定了动工方案。

当工程进入中后期时，参与人民英雄纪念碑建设的艺术家们，将工作室设在天安门广场一角搭起的席棚内。王炳召整天身系围裙，双手沾满泥浆，忙得不亦乐乎。使他难以忘怀的是，当时的彭真市长在百忙中来到工棚内，握着王炳召满是泥水的手，给予殷切期望和热情的鼓励。

王炳召没有辜负领导的厚望，冬天一身雪花，夏天满脸汗水，经常废寝忘食。他仿佛听到毛泽东从天安门城楼上发出的"中国人民从此站起来了"的不朽宣言……

历经五六个寒暑，王炳召圆满完成了中国近代史上最壮阔的农民起义革命场景的大型浮雕创作。

这幅浮雕表现了金田起义的雄壮场面，革命的大旗迎风飞扬，起义战士们手持刀剑、长矛、锄头和火枪，正准备进行拼死的斗争。

金田起义发生在 1851 年 1 月，距离鸦片战争爆发仅 10 年左右。这段时间，帝国主义者害人的鸦片有增无减，中国的白银大量外流，清朝政府为了向侵略者支付赔款，加倍压榨老百姓。老百姓活不下去了，只有起来造反。

从 1843 年到 1850 年，全国发生了 70 多起农民起义。1851 年，在广西桂平县金田村爆发了一场规模巨大的农民起义。起义军自号太平军，领袖是洪秀全、杨秀清、萧朝贵、冯云山、韦昌辉、石达开等人。

金田起义的第二天，太平军挥戈出击。他们杀出广西，攻入湖南，挺进湖北，一路上同清军英勇战斗，打击压迫人民的官僚和地主，得到了人民的热烈拥护，越来越多的人加入他们的队伍。

傅天仇与《武昌起义》

傅天仇，广东南海人。1945 年毕业于重庆国立艺术专科学校雕塑系，次年在重庆举办个人雕塑展。他曾任《中国美术全集秦汉雕塑分册》主编，《中国美术辞典》雕塑学科主编，历任中央美院雕塑系主任、中国美术家协会理事、全国城市雕塑艺术委员会委员、首都城市雕塑艺术委员会委员。

傅天仇十分重视我国古代传统雕塑的研究，大力提倡抢救古代传统艺术遗产，继承中国古代雕塑现实主义的传统，吸收外国雕塑技巧的长处，实行中西艺术结合，主张要走自己的路，使雕塑的移情性得以发扬，创造出我国社会主义时代的新雕塑。

《武昌起义》浮雕是纪念碑南面的第一块浮雕，原作宽 200 厘米，长 400 厘米，表现形式和塑造手法是叙事体的、现实主义的。

太平天国革命失败以后，帝国主义对中国的侵略更加疯狂，加上清朝政府的残暴统治，压得人民喘不过气来，他们的反抗越来越激烈。

以孙中山为代表的仁人志士，为了拯救中国，纷纷组织革命团体，发动武装起义。

1894 年 11 月，孙中山建立了兴中会。

1905 年 7 月，兴中会和其他几个革命团体联合一起组成了中国同盟会，发表宣言，主张推翻封建王朝，建立民国。

1911 年 10 月 10 日，驻扎在湖北武昌的新军，在革命党人的带领下，举行武装起义。

经过一夜的激战，革命士兵们便占领了武昌全城。

这幅浮雕所表现的就是武昌起义的一个镜头，士兵们正在攻打清朝的总督衙门，工农群众奋不顾身地和他们一起冲锋，象征着清初反动统治的龙旗已经被撕成了破布条。

武昌起义胜利后，各省革命党人纷纷响应，全国大半的省宣布独立。

代表们到南京集会，成立"中华民国"，推举孙中山为临时大总统。

清朝皇帝一看大势已去，只好宣布退位，数千年的封建帝制从此结束。

由于武昌起义发生在 1910 年辛亥年间，因此历史上称之为"辛亥革命"。

画面中精细刻画了辛亥革命先烈举枪冲击湖广总督衙门的英雄形象和壮烈场面，冲锋向前的起义军形成一股锐不可当的洪流，总督府的匾额已经落地，赞颂和讴歌了为中国革命事业披荆斩棘、抛头颅、洒热血的先行者们的精神。

1961 年 10 月 10 日发行的纪念《辛亥革命 50 周年》

邮票的第一枚，即以浮雕的形式表现了这次起义情景。

晚年，傅天仇致力于探索环境艺术，设计了大连金石滩、秦皇岛长寿山、广西梧州鸳鸯江爱情区等环境艺术方案。

傅天仇的代表作品除人民英雄纪念碑浮雕《武昌起义》外，还有获首届全国城市雕塑最佳奖的树立于天津南开大学校园的《周恩来铜像纪念碑》，分别被中国美术馆、美国斯诺纪念馆收藏的《斯诺浮雕头像》。

滑田友与《五四运动》

滑田友是 20 世纪中国的大雕塑家。他创造了既含西方雕塑精髓又充满中国文化神韵的雕塑风格，在中国现代雕塑史上取得了历史性成就，对中国雕塑的发展作出了重大贡献，影响深远。

20 世纪的中国雕塑由一批早期留法雕塑家开辟篇章。这些雕塑家怀抱文化理想，勤学笃进。滑田友就是这样一位从中国走向法国艺坛，取得成就后回国，立志开拓中国现代雕塑之途的艺术家。

滑田友出生于江苏淮阴，早年毕业于江苏省立第六师范美术系，后经徐悲鸿推荐到苏州宝圣寺修补唐代雕塑。工作两年后，深得传统熏染的滑田友深切领会了中国传统雕塑之精要，发掘并整理了中国传统雕塑的优秀技法。

1933 年，滑田友随徐悲鸿赴法，在巴黎坚持从艺 15 年之久。

滑田友不仅是卓越的雕塑家，也是雕塑教学的宗师。1948 年回国后，他长期担任中央美术学院的雕塑系主任，在教学和创作上融合中西文化精神，建立起不断发展的雕塑教学体系，培养了大批雕塑人才。

1952 年至 1958 年，滑田友作为北京天安门广场人民英雄纪念碑建设美工组副组长，创作了纪念碑浮雕《五四运动》。

这件作品以其开阔的时代气度、宏大的历史场面、充满韵律感的浮雕形式被永久载入雕塑史册，同人民英雄纪念碑一样，成为一件艺术丰碑。

在参加纪念碑浮雕创作的雕塑家群中，滑田友是最具代表性的一位雕塑家。他较早注意到对中西雕塑艺术比较研究，这不仅是因为他在法国留学的时间最长，对欧洲雕塑的传统理解十分深入，也因为他对中国传统雕塑和中国艺术的美学思想的继承与发扬。他曾以作品《沉思》获 1943 年法国春季沙龙金奖。

在雕塑艺术语言方面，滑田友十分重视艺术形式。他认为，现代西洋雕塑吸收了中国的艺术形式和表现手法，但只学到了表面，形成"为形式而形式"，而我们艺术形式的精髓是"神似"。

"五四"运动是 1919 年 5 月 4 日爆发的中国人民反对封建主义、帝国主义的伟大运动。

1919 年 1 月，第一次世界大战结束，战胜的帝国主义国家在法国巴黎召开"巴黎和会"，这其实是重新瓜分世界的会议。中国由于曾经对德国宣战，算个战胜国，也派了代表去参加会议。会上，中国代表要求归还德国和日本在山东强占的土地，结果遭到了拒绝。英、美、法、日等国在《对德和约》上规定，把战败国——德国过去在中国的特权转给日本。卖国的北京政府代表竟准备签字同意。

消息传到北京，激起了中国人民的愤怒。

5月3日晚上，北平的大学生们紧急集会，许多学生上台演讲，人人慷慨悲愤。

5月4日，3000多名学生来到天安门前集会。集会以后，他们还举行了游行示威。

由于工人阶级的参加，这场反帝反封建的斗争形成了声势浩大的群众运动，成为中国新民主主义革命的起点。因为这场爱国运动的烈火是5月4日在天安门前燃起的，所以历史上称之为"五四运动"。

在滑田友的纪念碑浮雕《五四运动》中，我们可以看到，学生们个个怒容满面，有的演讲，有的发传单，有的大声呼喊。

滑田友注重气韵，根据浮雕特点，强化线的造型，着重形的概括和简化，以人物的衣纹组织出画面的动感，以肃穆的神态表现出人物内心的激动，将西洋雕塑的严谨和中国雕塑的写意很好地结合在一起。

滑田友在雕塑上以中西融合的艺术实践，为今天的艺术创造提供了重要的借鉴和启示。

萧传玖与《南昌起义》

萧传玖，1914 年 1 月 19 日生于湖南省长沙市，幼年丧父，家境清贫。他 1927 年 7 月考入杭州艺术专科学校，1933 年东渡日本，入东京日本大学艺术系学习雕塑，并师从藤岛武二学习肖像画，使他在雕塑和素描方面打下了扎实的基础；1937 年 4 月回国，在家乡从事抗日宣传工作；1939 年应聘去昆明任教；1941 年在湖南衡阳制作大型浮雕《前方抗战、后方生产》；1943 年在衡阳举办个人雕塑展。1946 年，他又被聘回杭州美术专科学校任雕塑系副教授。

中华人民共和国建立后，萧传玖为中央美术学院华东分院雕塑系主任、教授，并创作《毛主席像》《护厂》等雕塑作品。

1953 年至 1956 年间，萧传玖在北京参加人民英雄纪念碑浮雕的雕塑创作，制作了大型浮雕《南昌起义》，形象地表现了中国共产党领导的军队向反动派打响第一枪的壮丽战斗情景。

萧传玖在创作浮雕《南昌起义》的过程中，认真学习近现代史，访问了老同志，研究了南昌起义的过程和历史意义。

1927 年 8 月 1 日，由周恩来、朱德、贺龙、叶剑英、刘伯承等领导北伐军 3 万多人，在江西南昌举行起义，向国民党反动派打响了第一枪，这是中国共产党独立领导武装革命的开始。

"五卅"运动显示了中国工人阶级的力量。但是，光靠罢工和游行，并不能赶跑帝国主义，也不能打倒和他们勾结在一起的军阀，要打倒帝国主义和军阀，只有组织人民自己的军队，进行武装斗争。

1927 年 7 月，中国共产党决定在江西南昌举行武装起义。起义的领导人是周恩来、朱德、叶挺、贺龙、刘伯承。

8 月 1 日凌晨，南昌城内外响起了激烈的枪声。经过几小时的激战，起义部队歼灭了反革命军队 6 个团，缴获枪支 1 万多支。

为了真实地再现这一伟大的历史事件，萧传玖根据王式廓起草的画稿，重点刻画了指挥员向战士们宣布起义的瞬间。

这幅浮雕描绘的是：一个连队的连长，挥手向战士们宣布起义，士兵高举着信号——马灯。红旗飘扬，战马嘶叫，群众在搬运子弹，战士们高呼："打倒国民党的反动统治。"这一时刻最能体现战士们激昂慷慨的情绪。这是一个宏大的群众场面，人物多，结构关系复杂，把握构图的整体结构与合理布局是关键。

萧传玖用非常严谨的艺术手法处理了每一个人物和细节，反复推敲，最后用了两年多的时间才把构图基本确定下来。

为了在有限的画幅中反应热烈的战斗气氛，萧传玖巧妙地运用多层次的处理来扩大空间，使人物有充分的活动余地。

为了增强整个场面的战斗气氛，完美地体现主题，他又在使浮雕保持较大凹凸的同时，加大了形体的起伏以丰富光影的变化。

由于起伏大又会出现乱与花的问题，萧传玖就根据画面需要，有些地方起伏大一些，有些地方平和一些，让主要部分跳动起来，从而达到了人物的组合与构图节奏的谐调。

张松鹤与《抗日战争》

张松鹤是我国著名雕塑艺术家。幼年因家贫，他十六七岁才念完小学，1930 年春，到广州同洲美术馆学画炭像，兼上中学夜校补习文化，同年秋考入广州美术专科学校西洋画系。由于酷爱雕塑艺术，他常常利用课余时间钻研雕塑艺术。

张松鹤是一位多才多艺的艺术家。他主稿的浮雕《抗日游击战》表现了青纱帐里，抗日游击战士奋勇向前的形象。作者在作品中强调了典型环境，加入了青松、高粱等背景，使得这座浮雕别具一格。

在参加纪念碑浮雕创作的 8 位主稿雕塑家中，张松鹤得到的研究与评介很少，这也许是由于他对于名利的淡泊，也许是由于他后来没有处在中国雕塑界的主流圈中。总之，他在这 8 位雕塑家中是比较特别的一位艺术家。他没有去国外留学，而是在 1931 年进广州市立美术学校西画系学习，兼修雕塑。

由于张松鹤画毛泽东像最多，水平也高，所以在 1950 年，由他与人合作绘制天安门城楼上悬挂的毛泽东巨幅画像。

因为纪念碑兴建委员会华北军区代表的推荐，他被选入纪念碑美工组担任副组长。在美工组里，他与彦涵一样，是来自解放区的革命艺术家，张松鹤将此作为向教授们学习的好机会，全力投入创作。

在纪念碑浮雕的创作中，《抗日游击战》基本上是张松鹤自己起稿的。据张松鹤讲，辛莽是延安来的画家，人很好，但他的雕塑稿不能用，没有多少参考。张松鹤的浮雕稿最有特色的是其中的人民群众的形象和群山青松、高粱谷子所构成的风景画式的背景。对于这一点，还在张松鹤起稿时，江丰就注意到了，他对张松鹤说："老张，你做的布局安排，绘画性太强。"

张松鹤回忆说，江丰是领导，当时不好和他辩论，但也没有接受这个意见。他认为这是游击战，高粱、谷子，还有高大的山峰，太行山、长白山这都是游击队依靠的地方，没有这些，游击队不能取胜。对于领导、专家的意见是要考虑，但自己是一个共产党员，不能离开人民的审美观点。

1937 年 7 月 7 日，日本帝国主义发动了全面的侵华战争。在中华民族面临亡国危险的关键时刻，中国共产党提出"停止内战，一致对外"的正确主张，得到了全国人民的热烈拥护。全国各地掀起了轰轰烈烈的抗日救亡运动。

这段时期，共产党领导的八路军、新四军纷纷开赴抗日前线，深入到敌人后方，开展机动灵活的游击战。

这幅浮雕描绘的是一支抗日游击队出发时的情景：勇敢的战士们正从各地穿越茂密的庄稼地；白发苍苍的

老大娘叮嘱战士们要狠狠打鬼子；老农民正忙着运送弹药；小八路军站立在指挥员身旁，等待出击的命令。

在整个抗日战争中，凡是被敌人侵占的地方，都有共产党领导的抗日斗争。8 年时间，八路军和新四军总共消灭了 170 多万日伪军。中国人民经过了 8 年浴血奋战，终于战胜了日本帝国主义，夺取了抗日战争的全面胜利。

1945 年 8 月 15 日，日本侵略者被迫宣布无条件投降，这是中国人民近百年来在反帝斗争中取得的最伟大的胜利。

张松鹤在《抗日游击战》中不仅表现了人民战争的环境，也在一个空间中同时概括地表现了游击战的前方与后方，这是不同于其他浮雕表现某一特定历史场景的创作方法。

虽然《抗日游击战》在纪念碑的 8 块浮雕中是人物最少的，但内容仍然十分丰富。仔细观察浮雕稿，我们可以看到，一位老农正在从树洞里掏出手榴弹来，放入担箕中。担箕是农民的工具，只有经历过敌后战斗生活的人，才能有这种生动的细节。位于最前列的青纱帐中的战士，以手势告诉后面的战友，十分贴切地表达了游击战的隐蔽与机动性质。

整体上，人物从后方的从容坚定到前方的警觉待发，早有时间性转换，可以说，这是一幅具有绘画中的叙事性特点的浮雕，这恰恰是浮雕区别于圆雕的象征性而与叙事性绘画有所相似的地方。

张松鹤对此有清醒的认识，他认为，《抗日游击战》的成功不是因为自己的技术高于其他教授、专家，而是由于自己在抗日战争以来 11 年的部队生活。和战友们在一起，和人民在一起，在感情上和人民相沟通，这就决定了作品中的形象和动态来自生活，具有可信的真实感。

　　张松鹤晚年回到家乡广东东莞，又与陈淑光、张方共同创作了清溪革命烈士纪念碑，其中借鉴了许多人民英雄纪念碑的手法。

浮雕铭记英名

刘开渠与《胜利渡江》

刘开渠，1904 年生，安徽萧县人。早年毕业于北平艺术专门学校，1928 年任国立艺术院图书馆主任兼西画助教，同年留学法国，入巴黎高等艺术学校学习雕塑；1933 年回国，任杭州艺术专科学校教授兼雕塑系主任；1949 年任国立艺术专科学校校长。

1953 年，刘开渠赴北京，参加并领导人民英雄纪念碑的建造工作，任设计处处长和雕塑组组长，创作主体浮雕《胜利渡江解放全中国》《支援前线》《欢迎解放军》。后来他又历任中央美术学院副院长、中国美术馆馆长、中国美术家协会副主席、全国城市雕塑建设指导委员会主任等职。

刘开渠精于西方写实雕塑技法，又注重继承中国古代雕塑的优秀传统，他对雕塑创作与教学也做过理论研究，其思想对中国雕塑的发展有着深远的影响。

1949 年 4 月 21 日凌晨，人民解放军以木帆船为渡江工具，强渡长江。由彦涵起稿，刘开渠主稿所作的《胜利渡江》，表现的正是这一千帆竞渡的壮观场面。整块浮雕造型饱满，体积感强，人物精力充沛，突出了人民必胜的主题。

这是 10 幅浮雕中最大的一幅。

抗战胜利后，全国人民和中国共产党要求建设一个独立、自由、民主、统一、富强的新中国。而蒋介石反动政府却要发动一场反革命战争，消灭共产党和人民军队。

1946 年 6 月，蒋介石反动政府撕下愿意谈判的假面具，发动了全面内战。当时，他们拥有 400 多万军队，而共产党领导的人民军队只有 120 万人，武器装备也比对方落后。蒋介石认为自己军队多，又可依仗美国的支持，只要打起来，一定能胜利。

在中国共产党领导下的中国人民解放军英勇地投入了解放战争。经过"三大战役"，蒋介石军队的主力基本上被消灭了，此时人民解放军发展到 300 多万人。

1949 年 4 月 21 日，中国人民革命军事委员会主席毛泽东、解放军总司令朱德，向全军发出了"打过长江去解放全中国"的动员令。

中国人民解放军百万雄师横渡长江，彻底摧垮了敌人苦心经营的长江防线，于 4 月 23 日，解放了国民党统治的南京城。

浮雕的画面是号手吹起冲锋号，指挥员发射信号弹。战士们冲向长江南岸，直奔国民党反动派统治的老巢——南京城，背景是千万只战船在波涛中前进。

《胜利渡江》左右两幅是装饰性浮雕，左面一幅是"支援前线"。在解放战争中，解放区的翻身农民，推着成千上万辆独轮车，给解放军送粮食、运军火。解放军打到哪里，他们就支援到哪里。

右边一幅是"欢迎人民解放军"。解放军进入南京时，受到了热烈的欢迎，老爷爷手拿锦旗，年轻人挥舞花束，连小孩也咧嘴欢笑。

这一切都说明，只有为解放人民而战的军队，才能得到人民的支持；只有得到人民的支持的军队，才能战无不胜。

百万雄师渡长江的胜利，加速了全中国的解放，是新中国成立的前奏。浮雕中吹冲锋号的战士形象，充分表达了这一意境。

作品造型严谨朴实，手法细腻含蓄，人物神完气足，具有时代精神和民族风格。

刘开渠谈到浮雕时特别强调了形式感，并以自己在创作人民英雄纪念碑浮雕的经验加以讨论。他从许多作家的许多作品中总结出如主字塔、波浪形、崇高形、优美形、挺拔形，以及文艺复兴时期的金字塔或双重金字塔形等表现形式。

刘开渠认为，这些形式是存在于自然和生活中的，山总是下大上小的。这种从生活和自然中被感到的东西上升为形式规律，再反过来用以加强、突出自然和生活中的美。人利用形式规律、形式感表现人或人群就更易有效果。

在作品中，刘开渠把人物组织到汹涌波浪形中，把红旗、指挥员组成波浪的最高点压在南京城之上，形成中国人民解放大军胜利过了江，势不可挡，敌人老巢已在倾覆的画面。

用这样急剧向前的波浪形式时，如没有垂直形的线，就会显得动荡不稳，所以又在构图上加重地突出了直立的桅杆，让人感到胜利是必然的，力量是稳固的。因为构图也包括情节安排，情节安排就是要突出感情。构图要给人以完整的感觉，不要让人看后，觉得是大构图的一部分。一方面是构图完整，同时也要使构图表现无限，也即是单纯和丰富的关系问题。

刘开渠对于浮雕创作不仅重视整体的大效果，也重视细节的刻画。例如1957年王卓予回家过春节，刘开渠让他早点回来拍一些帆船的照片。王卓予过了春节就到南京艺术学院借了相机，拍了很多照片寄给刘开渠。刘开渠还曾就渡江战役所使用的武器造型询问过来纪念碑工地参观的陈毅同志。陈毅说武器都是从敌人那里夺来的，指挥渡江战役的同志比较熟悉。刘开渠找到他们详细了解了过江的武器，保证了浮雕的真实。

可以看出，8块浮雕虽然表现的历史手法不一样，但都贯穿了对纪念碑碑文主题的理解与阐发。这些作品选取了最有历史意义的场景和瞬间，人民在历史的紧要关头，以他们的积极行动，参与了历史的创造。位于画面中心的主要人物振臂一呼，民众群起而响应，十分鲜明地表现了中华人民共和国国歌的主题，即"中华民族到了最危险的时候，每个人被迫发出最后的吼声"，人物呼之欲出，静止的浮雕却表现出了极富动感的场景和人物的神情，这使得纪念碑浮雕有血有肉，避免了简单的说教，以极大的艺术感染力打动人们，引领观众进入历史，更加珍惜今日。

人民英雄纪念碑记载了中国人民光辉的革命斗争史实。在一幅幅扣人心弦的浮雕面前，人们自然会联想无数革命先烈为了今天的幸福生活，抛头颅，洒热血；联想到无数革命先烈面对敌人的屠刀毫不畏惧地和敌人进行了不屈不挠的斗争。

纪念碑浮雕不仅是中华人民共和国成立后中国雕塑艺术的一个高峰，也是 20 世纪中国近现代艺术中最具有历史性和艺术性的代表作。

本书主要参考资料

《国史全鉴》本书编委会编 团结出版社

《共和国五十年珍贵档案》中央档案馆编 中国档案
　　出版社

《风雨天安门》曹英等编 团结出版社

《天安门广场历史档案》树军编著 中共中央党校出
　　版社

《中国现代史资料选辑》彭明主编 中国人民大学出
　　版社

《天安门见证录》文夫编著 中国言实出版社

《天安门广场风云录》金岸编著 改革出版社

《人民英雄纪念碑史话》吕登来编著 上海教育出
　　版社

《人民英雄纪念碑研究》殷双喜著 河北美术出版社

《首都人民英雄纪念碑雕塑集》人民美术出版社编辑
　　人民美术出版社

《共和国要事珍闻》郑毅 李冬梅 李梦主编 吉林文史
　　出版社